공부의 말들

공부의 말들

수많은 실패를 통해 성장하는
배움을 위하여

설흔 지음

얼마 전에 소설 한 편을 썼다. 소설의 주인공은 이렇게 고백한다.

"아, 나는 정말로 공부를 못하는 아이였습니다."

주인공의 고백은 내 고백이기도 하다. 나는 정말로 공부를 못하는 사람이었다. 공부의 길이란 것이 있다고 가정해 보자. 나는 길을 걸으면서 늘 딴생각을 했다. 메뚜기처럼 이 길 저 길 방향을 정하지 못한 채 뛰어다니기만 했고, 나아가야 할 때 멈추었고, 멈추어야 할 때 나아갔고, 왼쪽으로 가야 할 때 오른쪽으로 갔고, 오른쪽으로 가야 할 때 뒷걸음질 쳤으며, 주머니에 넣어 둔 나침반과 지도는 제대로 읽지도 못했을뿐더러 걷거나 뛰다가 잃어버렸고, 막다른 골목에 들어서면 다른 길을 찾기는커녕 주저앉아 눈물만 찔끔찔끔 흘리곤 했다. 그런 내가 공부에 대해 쓰다니. 나무 위의 물고기가 흐흐 웃고 절반쯤 눈 감은 코알라가 포복절도할 판이다. 그럼에도 '공부의 말들'을 써서 책으로 낸 까닭을 묻는다면 반면교사反面教師라 답할 수밖에 없다. 공부란 결국 수많은 실패를 통해 배워 나가는 것. 그러니 내 엉성하고 한심한 실패의 사례에서도 배울 점이 두셋, 아니 한두 개는 있지 않겠느냐는 억지 변명에 가까운 생각이 이 책을 쓰게 만들었다.

하나 더 고백하자면 사실 나는 공부가 뭔지도 잘 모른다. 안다고 여겼으나 실은 하나도 모르고 있었음을 글을 쓰며 새삼 깨달았다. '공부의 말들'을 쓰는 시간이 무용하진 않았던 셈이다. 그런 까닭에 『공부의 말들』엔 공부에 관한 다양한 견해가 등장한다. 어떤 견해는 공부법에 대한 것이고, 어떤 견해는 마음가짐에 대한 것이고, 어떤 견해는 공부하는 자들이 만들어야 할 세상에 대한 것이다. 한 견해는 다른 견해와 비슷하기도 하고, 배치되기도 한다. 한 견해는 다른 견해의 부속품이나 부모 혹은 조상 같기도 하다. 한마디로 중구난방, 계통이 없다는 뜻이다. 그러므로 공부라는 단어를 아예 잊고 읽는 것도 좋은 방법이겠다. 독서처가 정해져 있는 것은 아니지만 그래도 독서 장소로는 화장실을 추천한다.

이런 문제에도 불구하고 『공부의 말들』이 조금이나마 읽을 만하다면 박지원, 정약용, 이덕무, 박제가, 이황, 이이, 이익, 이용휴 같은 분이 출연료를 받지 않고 찬조 출연해 준 덕분일 것이다. 이분들께 감사드리고 싶다. 타임머신을 타고 가서라도. 그 외의 분들께도 감사드리고 싶다. 물론 타임머신을 타고 가서라도. 『공부의 말들』을 집어 든 여러분에게도 감사드리고 싶다. 아마 타임머신은 필요 없겠지.

마지막으로 한 가지 더. 우리 고전을 번역하고 연구하는 모든 분께 감사를 드린다. 참조한 책과 저자의 이름을 일일이 들고 싶으나 대중서임을 감안해 생략한다. 그분들에 대한 무한한 존경은 내 마음속에만 담아 두기로 한다.

물속의 물고기는 물을 보지 못한다.

박지원

001

집에 책장이 많았다. 빈 책장을 그대로 둘 수 없어서 한 권 두 권 책을 채워 넣었다. 책장이 많았기에 채워 넣은 책도 많았다. 어느 날 무료해진 나는 책을 세었다. 책장이 많았고, 책장은 여러 칸으로 나뉘어 있었고, 꽂힌 책의 권수는 일정치 않았기에 정확한 숫자를 산출하기가 쉽지 않았다. 편법을 쓰기로 했다. 평균 크기로 보이는 칸을 골라 그 칸에 꽂힌 책의 권수를 셌다. 그 숫자에 책장의 칸 수를 곱했다. 삼천이라는 숫자가 나왔다. 다섯 수레는 충분히 채울 만했다. 왠지 뿌듯했다. 배가 부른 것 같았다. 뼈가 단단해진 것 같았다. 똑똑해진 것 같았다.

조선 후기의 학자 이서구도 그랬던 듯하다. 책장으로 가득한 방에 '소완정'素玩亭이라는 이름을 붙이고 박지원을 초대했다. 대가의 칭찬과 격려에 대한 기대로 그의 심장은 어린 강아지처럼 빠르게 뛰었으리라. 박지원은 방에 들어서자마자 대뜸 질문을 던졌다. "물속의 물고기는 물을 보지 못한다네. 그 이유를 아는가?"

심상찮은 질문엔 묵묵부답이 올바른 응대이다. 이서구는 입을 다물었고 박지원은 스스로 답을 내놓았다. "보이는 게 다 물이니 그런 게지."

물은 곧 책이다. 책으로 가득한 방에서는 책을 제대로 볼 수 없다는 뜻이다. 아하! 이서구는 무릎을 쳤다. 자신의 과감한 한마디가 이서구에게 먹힌 걸 파악한 박지원은 끝날 듯 끝나지 않는 이야기를 길게 이어 갔다.

며칠 전 책 한 권을 찾으려고 책장을 뒤졌다. 책장은 많았고 칸은 더 많았고 책은 더, 더, 더 많았다. 먼지투성이 미로 속에서 나는 끝내 원하는 책 한 권을 찾지 못했다. 검은 땀을 뻘뻘 흘리며 씩씩거리는 꼴이 영락없이 물에 빠진 생쥐였다. 그날 밤 책장 뒤에서 어떤 목소리를 들었다. 껄껄 웃는 것 같기도 하고 흐흐 비웃는 것 같기도 한, 득도한 물고기를 닮은 누군가의 목소리를.

방 안에서 물건 찾는 사람을
보았는가? 앞을 보면 뒤를 못 보고,
왼쪽을 보면 오른쪽을 못 본다.
방 안에 앉아 있기 때문이다.
몸과 물건이 서로를 가리고
눈과 대상이 지나치게 가깝기
때문이다. 그럴 때 방 바깥으로
나가야 한다. 창호지에 구멍을
뚫은 후 그 구멍에 눈을 대고 방을
들여다보아야 한다.

박지원

나는 다독多讀하는 사람이다. 아침에 일어나면 캡슐 커피로 머리를 깨우고 한 시간 정도 책을 읽는다. 매일은 아니고 거의 매일. 어느 무료한 날 내가 얼마나 많은 책을 읽으며 지내는지 문득 궁금해졌다. 남는 수첩이 있기에 기록을 시작했다. 책 제목과 읽은 쪽수를 적었다. 책이 마음에 쏙 들어서 뽀뽀를 하고 싶었거나 어처구니없는 문장과 번역에 욕지거리를 참을 수 없었을 땐 짧은 글도 한두 줄 끄적거렸다. 육 개월이 지났다. 결과를 확인했다. 나는 오십 권의 책을 읽었다. 삼사일에 책 한 권을 읽었다는 뜻, 일 년이면 백 권의 책을 읽는다는 뜻이었다. 잠깐 우쭐했다가 이내 기분이 나빠지고 슬퍼졌다. 최근 십 년만 계산하면 천 권의 책을 읽은 셈인데, 그럼에도 더 나은 사람이 되지 못했다. 생각은 진부했고 쓰는 글은 뭉툭하고 평범했다. 책을 읽었으나 제대로 아는 것도, 하는 것도 없었다. 책상물림이라는 표현도 과했다. 나는 방 안에서 뒹굴뒹굴하며 책장만 넘기는 자에 불과했다.

이 사태를 해결하기 위한 두 가지 방법이 있다. 박지원의 말대로 방 바깥으로 나갈 수도 있겠다. 창호지에 구멍을 뚫고 객관적인 눈으로 방 안을 들여다보는 것이다. 조선의 문장가 이옥의 예를 따를 수도 있겠다. 이옥은 어떤 사정 때문에(궁금하다면 『멋지기 때문에 놀러왔지』를 추천한다!) 시장 가까운 곳에 살았다. 장날이 되자 밖이 시끄러워졌다. 이옥은 바깥으로 나가지 않았다. 게으른 혹은 지친 이옥은 창호지에 구멍을 뚫었다. 그 구멍에 눈을 대고 시장을 보며 「시기」市記를 썼다.

박지원은 방 바깥에서 방 안을 보았고, 이옥은 방 안에서 방 바깥을 보았다. 둘의 공통점, 두 사람 모두 책에 의존하지 않은 채 불멸의 글을 남겼다. 그러고 보면 방 안과 방 바깥의 구분은 중요하지 않을 수도 있겠다. 정신이 살아 있다면 눈과 몸의 위치 따위는, 그리고 눈과 몸을 보조하기 위한 수백, 수천 권의 책은 아예 필요 없을 수도 있겠다. 그래서 나는 더 비참해졌다.

억지로 해석하기보다는
의문을 그대로 두는 게 더 낫다.

———
홍대용

심리학을 전공했으나 국문학 수업을 더 많이 들었다. 덕분에 심리학도 국문학도 잘 모르는 사람이 되었다. 드물게 들은 심리학 수업 중 아직도 기억나는 말이 있다. 애매한 것을 참고 견디는 것이야말로 심리적 성숙의 증거라고. 나의 미성숙을 비꼬는 말 같아 얼굴이 화끈거렸다. 그럼에도 나는 여전히 빠른 결론을 원하고, 답을 찾지 못해 안달복달하고, 경솔한 결정을 내린 다음 곧바로 후회한다. 나이는 먹었지만 여전히 미성숙하다. 그래서 홍대용의 송곳 같은 글을 보며 반성, 또 반성한다.

여담. 홍대용의 글을 볼 때마다 안경이 떠오른다. 그가 엄성, 반정균 등 중국인 선비를 벗으로 사귀었다는 것은 꽤 유명한 이야기인데, 그 인연의 시작이 바로 안경이었다. 홍대용과 함께 연행길에 올랐던 이기성은 돋보기를 사러 유리창琉璃廠에 갔다가 안경을 쓴 중국인 선비들을 만난다. 선물할 안경이 필요했던 이기성은 그들에게 안경을 팔라고 제안하고, 사정을 들은 선비는 곧바로 안경을 벗어 건넨다. 이기성이 돈을 꺼내자 선비가 화를 낸다. 자신은 인정 넘치는 선비이지 인정머리 없는 장사치가 아니라면서. 결국 이기성은 그들의 이름과 거처를 알아낸 뒤 숙소로 돌아와 홍대용에게 두 선비 이야기를 들려 준다. 홍대용은 어떻게 했을까? 이틀 후 이기성을 앞세워 그들을 찾아간다. 그렇게 해서 국경을 초월한 우정, 이른바 천애지기天涯知己가 탄생했다는 사연이다. 나는 이 아름다운 사연을 읽었을 때 엉뚱한 의문이 들었다. 안경은 도대체 누구의 것이었을까? 홍대용은 이들과 나눈 필담을 꼼꼼하게 기록으로 남겼지만 안경의 원소유주는 밝히지 않았다. 왜 그랬을까? 안경의 주인이 누구였는지는 궁금하지 않았던 걸까? 이러한 사례가 또 있다. 여항문인이자 출판업자였던 장혼은 절름발이였다. 그런데 조희룡의 책 『호산외기』壺山外記에는 그가 어느 쪽 다리를 절었는지 나와 있지 않다. 난 궁금증을 참을 수가 없다. 홍대용의 만류에도 불구하고 자꾸 경박한 질문을 던지고 싶어지는 것이다.

우리? 그저 냄새나는 가죽 주머니 속에 든 문자가 남들보다 조금 많을 뿐이지. 나무와 땅속에서 들리는 매미와 지렁이 울음소리가 시 외우고 책 읽는 소리가 아니라고 과연 장담할 수 있겠나?

———
박지원

004

나는 지렁이만큼 한심한 생물은 없다고 생각해 왔다. 탄천 산책 길을 걷다 보면 좋건 싫건 수십, 수백 마리의 지렁이와 마주친다. 살아 있는 것은 거의 없다. 대부분은 바짝 마른 미라가 되어 있다. 벌레를 무척 싫어하는 내게 살아 있든 죽었든 미라가 되었든 먼지가 되었든 지렁이는 끔찍한 방해물일 뿐이다.

나는 매미처럼 시끄러운 생물은 없다고 생각해 왔다. 아파트 담 벼락에 붙어 이른 아침부터 울어 대는 매미는 예의를 모르는 존재다. 어려운 예의도 아니다. 청소기와 세탁기도 이른 아침과 늦은 밤엔 돌리지 않는 법이다. 그 사소한 예의 혹은 상식을 매미는 모른다.

남보다 책을 많이 읽었거나 공부를 많이 했다고 자부하는 사람들의 병폐가 있다. 은연중에 주위 사람을 무식자 취급하는 버릇이다. 박지원은 나 같은 인간에게 주먹 한 방을 날린다. 그런 너는 도대체 뭐냐고 물으면서. 박지원은 말한다. '당신과 나, 그러니까 우리 인간은 냄새나는 가죽 주머니일 뿐이다. 문자가 조금 섞여 있긴 하지만 99퍼센트는 더러운 냄새로 가득 차 있지.'

박지원을 비난하기는 힘들다. 그 자신도 냄새나는 가죽 주머니에 포함시켰으니까. 혹시 있을지 모르는 진짜 유식자들은 날 비난하지 말기 바란다. 다시 말하지만 내 의견이 아니다. 박지원이 그렇게 말한 것이다.

밤은 낮의 나머지 시간이다.
비 오는 날은 맑은 날의, 겨울은
한 해의 나머지 시간이다.
나머지 시간에는 일이 뜸하므로
공부에 힘을 쏟을 수 있다.

허균

군이 분류하자면 나는 아침형 인간이다. 보통은 다섯 시에 일어나며 아무리 늦어도 여섯 시를 넘기지 않는다. 커피를 마시고 책을 읽고 아이를 학교에 보내면 여덟 시가 좀 넘는다. 컴퓨터를 켜고 자판에 손을 올린다. 그러곤 한숨을 쉰다. 아직 시동이 걸리지 않았음을 느낀다. 야구 기사를 읽거나 카드 게임을 하며 체온을 올린다. 그러느라 소비하는 시간이 삼사십 분. 결국 나는 아홉 시 가까이 되어서야 글을 쓰기 시작한다. 글쓰기는 달리기와 비슷하다. 처음이 몹시 힘들다. 일정 궤도에 들어서면 사정은 한결 나아진다. 몸 상태가 좋은 날엔 '러너스 하이'runner's high와 유사한 상태가 찾아온다. 러너스 하이가 그렇듯 지속 시간은 길지 않다. 운이 좋아야 한두 시간일 뿐이다. 러너스 하이가 지나간 뒤에도 달리기는 계속된다. 결승점에는 도달해야 하니까. 글쓰기 또한 마찬가지다. 마음속으로 정해 놓은 분량을 채워야 자리에서 일어날 수 있다. 오후 서너 시 정도가 그 시간이다. 그 이후에는 놀며 보낸다. 점심도 먹어야 하니 실제로 글을 쓰며 보내는 시간은 대여섯 시간에 지나지 않는다.

나는 직장에 다니는 이들에 비해 훨씬 적은 내 노동 시간을 늘 안타깝게 여겨왔다. 고민만 했을 뿐 실질적인 개선책은 찾지 못했다. '머리를 쓰는 일이니 어쩔 수 없지, 게다가 나머지 시간에도 늘 글을 머리에 넣고 공처럼 이리저리 굴리기는 하잖아' 하고 어쭙잖은 자기 위안의 말만 내뱉었을 뿐이다.

밤은 낮의 나머지 시간이라는 허균의 글은 내 마음을 아프게 한다. 내게 밤은 있으나 없는 것이었다. 고요하고 아름다운 그 시간을 방류하듯 마음껏 흘려보내며 살았다. 일을 했으니 쉬어야 한다고 여기면서. 일하는 시간보다 더 긴 나머지 시간을 그렇게 마구 흘려보내며 뻔뻔하게 살아왔다. 핑계 대기 좋은 비 오는 날과 겨울은 더 말할 것도 없다.

백 리 길을 가려는 두 사람이 있다.
한 사람은 하루 만에 도착했다.
수레와 말과 하인과 마부의 도움을
받았기 때문이다. 다른 한 사람은
길을 잘못 들어 혼자서 헤매다가
여러 날이 지나서야 겨우 도착했다.
두 사람이 스스로의 힘으로 다시
길을 간다면 누가 일찍 도착할까?
후자일 것이다. 이미 헤맸으므로
갈림길에서 길을 잃지 않을 것이다.

이익

006

돌이켜 보면 술에 취한 사람처럼 비틀거리며 길을 걸어왔다. 나는 심리학과를 목표로 공부를 했다. 막상 원했던 과에 들어가자 마음이 시들해졌다. 국문학과 수업을 듣는 데 더 많은 시간을 쏟았다. 졸업한 후에는 회사에 취직했다. 남들이 부러워할 만한 초일류기업이었다. 하지만 일은 내게 맞지 않았고, 의미를 찾을 수도 없었다. 대체로 지루했다. 지루한 건 싫었기에 글쓰기를 시작했다. 괜찮았다. 회사 생활도 조금 견딜 만해졌다. 기쁜 소식도 생겼다. 회사에서 몰래 쓴 글을 응모해 상과 짭짤한 상금을 받았다. 몇 년 후엔 선망하던 문학잡지에 내 이름을 단 글이 실렸다. 횡재한 기분이었다. 길에서 주운 황금 덩어리는 오래가지 못했다. 잡지사는 나를 잊었고 회사는 내 업무 실적을 못마땅하게 여겼다. 더 견딜 수 없어 회사를 그만두었다. 그 뒤로 애매한 시간을 보냈다. 새 직장을 구했고 글도 썼다. 두 가지 일을 병행하기엔 내 능력이 부족했다. 회사를 포기했다. 집에 들어앉아 글만 쓰게 되었다.

비틀거리며 살았던 그 시간을 가끔 후회한다. 내가 그만둔 회사의 주가를 보며 자주 한숨을 쉰다. 그러나 더 큰 한숨을 쉬게 만드는 후회는 따로 있다. 왜 나는 처음부터 글을 쓰지 않았을까?

이익의 글을 읽고서야 깨닫는다. 아마도 그건 불가능한 바람이었을 터. 똑바로 걷기만 했으면 지금 내가 서 있는 이 길에 아예 도착하지도 못했을 터이다.

나는 지난 정부의 어느 총리를 보면서 이런 생각을 한 적이 있다. 저 사람은 헤매어 본 적이 없는 사람이로구나. 일반적인 삶의 행로에서 벗어난 적이 없었으며, 그 행로에서 늘 남 앞에 서서 걷던 사람이겠구나. 늘 반듯했던 그 사람은 시민들의 반듯하지 않은 요구를 이해하지 못했다. 현직에서 물러난 지금도 마찬가지일 것이다. 자신의 길에 대해 의심하지 않는 자, 헤매어 보지 않은 자는 때론 정말 무섭다.

책의 종류에 관계없이 첫 권은
대개 더럽다. 둘째 권부터 마지막
권까지는 깔끔하다. 나는 선비들의
버티는 마음이 부족한 것을 느끼며
탄식한다.

이덕무

나는 소설 중독자다. 손에 들면 대부분 끝까지 읽는다. 모든 소설이 다 재미있는 건 아니다. 묘사가 끝도 없이 이어지거나, 주제에서 벗어난 이야기가 시도 때도 없이 튀어나오는 소설, 번역이 엉망인 소설은 읽기가 어렵다. 그럼에도 웬만하면 다 읽는다. 가장 읽기 힘들었던 소설은 『잃어버린 시간을 찾아서』였다. 소설 애호가로서 읽지 않을 수 없는 책이었다. 요약본은 읽지 않기에 11권짜리 완역본을 읽었다. 1권을 읽으면서 감탄했다. 역시 프루스트구나. 2권, 3권으로 가면서 감탄은 줄어들었다. 완독은 웬만한 끈기로는 불가능하겠다는 생각이 들었다. 7권인지 8권인지 지금은 기억도 안 나지만 주인공이 알베르틴을 찾아 헤매는 장면에 이르러서는 머리가 돌아 버릴 지경이었다. 한 권 내내 알베르틴에 대한 상념이 끝도 없이 이어지는 데다가, 그 미로 같은 골목길들……. 아무튼 나는 이 책을 다 읽었고, 얻은 것이 있었다. 『잃어버린 시간을 찾아서』에 대한 나름의 확고한 이미지를 갖게 되었다는 것(최근에 훌륭한 해설서 한 권을 읽은 후 견해를 조금 수정하기는 했다).

토머스 핀천의 『중력의 무지개』는 읽다 그만둔 많지 않은 소설 중 하나다. 1권의 이백 쪽 정도를 읽었을 때 더 읽는 건 시간 낭비라는 생각이 들었다. 그래서 접었다. 나는 나보다는 이 책에 문제가 있다고 여긴다. 토머스 핀천의 다른 소설들은 분량에 관계없이 모두 끝까지 읽었기 때문이다. 그것도 꽤 즐겁게.

이덕무의 말은 지당하다. 선비들은 공부하는 책을 마땅히 끝까지 읽어야 한다. 한 번, 두 번, 세 번 필요하다면 천만 번이라도 읽어야 할 것이다. 그러나 이 반듯하고 훌륭한 선비의 말에 슬쩍 딴지를 걸고 싶다. 읽다 그만두는 것도 공부의 한 방법이 아닐까?

현암사에서 나온 나쓰메 소세키의 『풀베개』를 읽다 보니 이런 문장이 나온다. "처음부터 읽지 않으면 안 된다면, 끝까지 읽지 않으면 안 되는 것이 되니까요."

무슨 소리인지 나는 도통 모르겠는데 당신은 혹시 아시는지?

책을 읽다가 여가가 생기면
울타리를 엮거나 담장을 쌓거나
마당을 쓸거나 거름을 뿌린다.

이덕무

집에서는 글을 쓸 수 없다는 이들이 꽤 많은데 나는 그렇지 않다. 직장 다니는 사람들이 직장으로 출근하듯 나는 내 방으로 출근한다. 물리적인 의미에서가 아니라 심리적인 의미에서. 여러 자료들을 참조해야 하는 내 글의 특성상 어쩔 수 없는 일이기도 하다. 가끔은 집 밖에서 글을 쓰고 싶은 기분이 들 때도 있다. 아이가 학교에서 돌아오면 특별한 사정이 없는 한 글쓰기를 접는다. 내 작업 시간이 부족한 건 어쩌면 아이 때문일 수도 있겠다. 아이와 함께 놀거나 한다는 뜻은 아니다. 왠지 미안한 기분이 들어 일을 접는다는 뜻이다. 그럴 때 작업실이 따로 있었으면 하는 생각이 든다. 청소기 소리가 들릴 때면 열에 일곱은 그냥 앉아 있지만 열에 셋은 글쓰기를 중단하고 청소기를 가로챈다. 앉아 있거나 가로채거나 미안하기는 마찬가지다. 자발적으로 나선 것이 아닌 이상 상대를 감동시킬 수는 없다. 그럴 때 작업실이 따로 있었으면 하는 생각이 든다. 하지만 이내 생각을 바꾼다. 글을 쓰는 일이, 공부하는 일이, 내가 하는 일이 이 집안에서 벌어지는 다른 일보다 딱히 더 중요할 이유는 없다. 나는 글을 써서 먹고살지만 가족의 일원이기도 하고 아이의 아버지이기도 하다.

이덕무는 공부하는 사람이었다. 책 읽는 사람이었다. 이덕무의 공부는 물질의 획득과 연결되지는 못했다. 서른아홉까지 그는 백수였다. 가장이자 아버지인 이덕무의 가슴엔 늘 미안함이 자리하고 있었을 것이다. 그 미안함이 공부하다 말고 일어나서 울타리를 엮거나 담장을 쌓거나 마당을 쓸거나 거름을 뿌리게 했으리라. "책을 읽다가 여가가 생기면"이라는 도입부는 아무래도 바꾸는 게 좋겠다. '책을 읽다가도 해야 할 일이 생기면'으로.

조희룡은 "육상산(육구연)이 가사를 맡은 지 삼 년에 공부에 진전이 있었다"라는 문장을 썼다. 육상산은 못 되더라도 그 문장을 쓴 조희룡의 진심만은 닮고 싶다.

무엇인가를 얻으려고 책을 읽는
사람은 아무것도 얻지 못한다.

———
이익

009

『무라카미 하루키 잡문집』을 읽다가 잭 런던이 조선을 방문한 적이 있다는 사실을 알게 되었다. 다른 작가도 아닌 잭 런던이라니 흥미가 생겼다. 그가 조선에서 겪었던 일에 대해 더 알고 싶어졌다. 무라카미 하루키가 언급한 어빙 스톤이 쓴 잭 런던 전기를 찾아보았다. 번역본은 없고 원서만 있었다. 원서를 구해서 읽을 수도 있겠지만 그렇게까지 부산을 떨고 싶지는 않았다. 인터넷을 검색해 보니『잭 런던의 조선사람 엿보기』라는 책과 어빙 스톤이 쓴 것은 아니지만『잭 런던』이라는 평전이 있었다. 두 권을 주문해서 읽었다. 읽는 김에 다른 책도 읽고 싶어져서 잭 런던의 자전적 소설인『마틴 에덴』도 주문했고, 에세이 모음집인『나는 어떻게 사회주의자가 되었나』와 금광에 미쳐 있던 시절을 다룬『잭 런던의 클론다이크 강』도 구입했다. 잭 런던이 쓴 나머지 소설들도 구할 수 있는 대로 다 구해서 읽었다. 그 과정에서 이미 내 방에 영어로 된 잭 런던의 또 다른 평전이 있다는 사실도 알게 되었다. 아마도 나는 예전부터 잭 런던에 관심이 많았나 보다. 아무튼 그런 식으로 잭 런던이 쓴 책이나 그와 관련된 책을 총정리 삼아 다 읽었다. 그런 다음 잭 런던이 조선에 체류하던 시절 '보이' 노릇을 했던 조선 소년 만영을 주인공으로 삼아 짧은 소설을 썼다.

이익의 글이 옳지 않다는 것은 아니다. 나는 그저 책에서 정보를 얻어 소설을 썼다는 것뿐이다. 책을 읽지 않았더라면 소설을 쓸 수 없었으리라는 뜻이다. 이익이 경계하는 게 무엇인지 안다. 그 당시 만연했던 과거 공부를 위한 독서에 반대한다는 의미였으리라. 그러나 나는 이렇게 생각한다. 무언가를 얻기 위해 하는 독서 혹은 공부가 과연 나쁘기만 한 걸까? 경전의 의미를 알기 위해 하는 공부, 나와 세상을 이해하기 위해 하는 공부는 과연 무언가를 얻기 위해 하는 공부가 아닌 걸까?

우물 안 개구리는 바다의 존재를
의심하고, 여름벌레는 얼음의
실재를 믿지 않는다.

———
장유

글 못 쓰는 이들이 흔히 그렇듯 나는 내 글에 대해 무척 너그럽다. 글을 꽤 잘 쓰는 편이라고 스스로를 평한다. 그럼에도 책이 잘 팔리지 않는 건 운이 없기 때문으로 여긴다. 최근 읽은 심리학책에 따르면 대부분의 사람은 자신을 남들보다 높게 평가한다고 하니 조금은 위안이 된다. 아무튼 장유의 주변에는 나 같은 사람이 꽤 많았던 모양이다. 장유는 그런 무리를 우물 안 개구리와 여름벌레라 부른다. 자신이 아는 좁은 세계에 만족해 세계의 진실을 외면하는 사람들이라는 뜻이다. 우물에서 벗어나고 얼음을 보는 방법은 한 가지밖에 없다. 자기가 어떤 인간인지를 똑바로 바라보는 것이다.

서른아홉의 정약용은 이렇게 썼다. "내 병은 내가 가장 잘 안다."

그의 글에 따르면 정약용 자신은 용감하지만 무모하고, 올바른 일을 좋아하지만 가려서 할 줄은 모르고, 그저 마음에 끌리는 대로 행동하되, 의심도 두려움도 모르는 사람이었다. 적다 보니 병이라고 할 것까지는 없지 않나 하는 생각도 든다. 완전히 내려놓고 반성하는 사람이라기보다는 자신에 대한 애정이 여전히 한 가지 이상 남아 있는, 자존심 강한 사람이라는 느낌도 든다.

서른아홉의 정약용은 이후 18년 동안 내내 반성하는 삶을 살게 될 줄은 몰랐으리라. 비록 완벽한 자기반성에는 못 미치지만 자신에게 병이 있다는 사실을 자각하기 시작한 정약용은 그래도 아름답다. 『여유당전서』與猶堂全書가 괜히 나온 것이 아니다. 그나저나 여름벌레라는 단어, 참 좋지 않습니까?

주희는 옛사람 중 가장 굳세고
용기 있는 사람입니다. 친구나
제자 들이 잘못된 부분을 지적하면
그 즉시 고쳤습니다.

___
이황

출판사 대표에게 호출을 받은 적이 두 번 있었다. 호출은 일이 있어 상대를 불러들이는 것을 말한다. 작가와 출판사 대표의 일이란 원고뿐이다. 원고가 몹시 마음에 들지 않을 때, 수정 사항을 편집자에게 전달하는 것으로는 성에 차지 않을 때 작가를 호출한다. 다른 이유도 가능하겠으나 그분들의 속내까지 추측하기는 쉽지 않다. 대표를 만나러 가는 기분은 썩 좋지 않았다. 자괴감은 그보다 훨씬 컸다. 모두가 만족하는 원고를 건네지 못한 탓에 비롯된 일이었다.

두 대표와의 만남은 다르면서도 비슷했다. 한 대표는 자신은 실무자가 아니라 원고를 잘 알지는 못하지만 뭔가 애매하다는 느낌이 든다고 했다. 다른 대표는 자신은 업계에 종사한 지 무척 오래되었기 때문에 어떤 원고가 좋은 원고인지 척 보면 안다고 했다. 그 기준에서 볼 때 내 원고는 조금 부족하다고 했다. 내 글이 애매하고 부족하다는 건 나도 알고 있었지만 다른 사람의 입으로 들으니 기분이 좋지 않았다. 두 대표는 겸양과 경험을 방패로 삼았지만 원고가 마음에 들지 않는다는 사실을 직접적으로 밝혔다. 의례적인 칭찬 따위는 아예 하지도 않았다. 나는 어떻게 했던가? 변명으로 일관했다. 변명이 통하지 않자 마음에 들지 않으면 계약을 파기해도 좋다고 말해 버렸다. 내 치졸한 변명과 배수진 덕에 호출은 별다른 결과도 내지 못하고 끝났다.

사실 두 대표의 지적은 틀리지 않았다. 어쩌면 그들은 내 원고에서 일말의 희망을 보았는지도 모른다. 고치면 좋아질 수도 있겠다고 생각했을런지도 모른다. 나는 그 기회를 내 발로 걷어찼다. 알량한 자존심 때문에, 허약한 마음 때문에.

이황은 젊은 벗이자 만만치 않은 적수였던 기대승에게 이렇게 썼다. "진정한 굳셈과 용기는 제 주장을 강하게 펴는 데 있지 않습니다. 허물을 고치는 데 인색하지 않고 상대의 올바른 말을 그 즉시 따르는 것, 그것이 진정한 굳셈과 용기이지요."

선비가 경전과 역사책을 읽을 때는
세월을 두고 차근차근 해 내가아
한다. 올해 『서경』書經을 읽었으면
내년에는 『시경』詩經을 읽고 그다음
해에는 『주역』周易을 읽는 식으로.

유만주

012

한 출판사로부터 우리 고전에 대한 책을 써 달라는 청탁을 받았다. 나는 『구운몽』九雲夢을 떠올렸으나 출판사는 인문서를 원했다. 결국 『북학의』北學議에 대해 쓰기로 했다. 『구운몽』이건 『북학의』건 고전 해설서를 쓰는 일은 내가 해 오던 일과 거리가 있다. 그럼에도 청탁을 받아들인 이유는 이런 기회가 아니라면 이 두 책을 집중적으로 읽기가 어려웠기 때문이었다. 물론 『구운몽』도 『북학의』도 얼렁뚱땅 여러 번 읽었다. 그랬기에 그 책들에 뭔가가 더 있다고 생각했고, 그 뭔가를 알아내기 위해 청탁을 받아들였던 것이다. 나는 계약서를 쓴 뒤 『구운몽』과 『북학의』의 여러 판본을 구입했고 해설서와 논문집을 사들였다. 결론부터 말하면 전혀 읽지 못했다. 밀린 글이 너무 많았다. 책을 읽지 않으면 쓸 수 없는 글들이라 다른 책들을 읽어야 했다. 물론 모두 변명이다. 글 한 편을 끝내고 다른 글을 쓰기까지의 짧은 시간 동안 나는 다른 책들을 읽었다. 그러느라 『구운몽』과 『북학의』에 관한 책들은 도무지 읽을 시간이 없었다.

오에 겐자부로는 한 명의 작가를 정해 놓고, 대략 삼 년 동안 그 작가의 책이나 관련 연구서만 읽는 독서법을 젊은 시절부터 지켜 왔다고 한다. 그는 단테, 엘리엇 등을 독서법대로 읽어 나갔고, 그 결과 단테와 엘리엇에 정통한 아마추어가 되었다. 그를 좋아하는 나는 이 독서법을 훔쳐 쓰기로 다짐했다. 언제 다짐했는지 기억은 안 나지만 십오 년은 되었으리라. 한 해에 대략 백 권의 책을 읽었으니 십오 년 동안 천오백 권 내외의 책을 읽었을 것이다. 그렇다면 나는 적어도 다섯 명의 작가에 대해 정통해 있어야 하나 그렇지 못했다. 당신은 알 것이다. 시간의 문제가 아니라 정신의 문제임을. 모든 보물을 다 캘 수 없다는 것을 알면서도 나는 여전히 이 산 저 산 번갈아 가며 파고만 있다. 유만주는 차근차근 해 나가야 비로소 빠뜨림 없이 제대로 된 공부를 할 수 있다고 말한다. 공부를 못하는 데에는 다 이유가 있다.

그대는 늘 조급하니 서두릅니다.
공부를 하면 곧바로 효과가
나타나야 한다고 기대합니다.

———
이황

나는 글을 빨리 쓰는 편이다. 하루에 원고지 20-30매 정도는 어렵지 않게 쓴다. 기계가 아닌 사람이니만큼 편차는 있다. 잘 써지는 날이 있고 '전혀'라고 해도 좋을 만큼 써지지 않는 날이 있다. 잘 써지는 날은 기분이 좋다. 잘 써지지 않는 날은 종일 우울하다. 당연히 잘 써지는 날이 계속되길 바란다. 필립 로스는 정반대로 생각했다. 그는 글이 거침없이 써진다면 글쓰기를 멈춰야 한다고, 그것은 "아무 일도 일어나고 있지 않다는 증표"라고 말했다. 필립 로스는 한 문장에서 다른 문장으로 나아가는 과정이 꼭 어둠을 헤치고 나아가는 것처럼 어려울 때 비로소 글쓰기에 대한 확신이 생긴다고 했다. 그의 의견이 꼭 옳으리라는 법은 없다. 글쓰기의 세계에는 성문법이 없으니까. 그러나 나는 필립 로스의 의견이 옳다는 것을 안다. 고민 없이 써 내려간 글에는 매력이 없으므로 굳이 읽을 필요 또한 없다는 사실을 나는 안다.

　이황은 독서를 예로 들며 필립 로스의 손을 들어 준다. 조급한 마음에 수십 권의 책을 서둘러 읽어 치우는 것은 한 권도 읽지 않은 것과 다를 바가 없다고. 글을 읽을 때는 푹 익게 하는 것이 으뜸이라고. 한 줄 한 줄 천천히 생각하며 읽으라는 뜻이리라.

　필립 로스도 옳고 이황도 옳다. 그러나 그들 문학과 철학의 두 거인에게 항변하고 싶은 마음도 있다. 조급한 마음을 갖고 남보다 빨리 일을 처리하는 게 내 유일한 장점이다. 그것이 그르다면, 그 습관부터 바꿔 나가야 한다면 나는 도대체 언제 뜻을 이루게 될까? 세상이 나를 기다려 주기는 할까? 느릿느릿 걸으면 목표점에 도달할 수나 있을까? 부인 교코의 회고에 따르면 나쓰메 소세키는 글을 무척 빨리 썼다고 한다. 내가 쓰는 것보다 더 많은 양을 몇 시간 만에, 전혀 괴로워하지도 않으면서, 그것도 누운 채로 다 썼다고 한다. 그냥 그렇다는 이야기다.

한 해의 첫날, 성인聖人의 책을
처음 보았다. 지난날의 잡스러운
생각들이 홀연 녹아 사라졌다.

허균

고등학생 시절, 문고본으로 나온 프로이트의 『정신분석입문』을 샀다. 책 속의 단어와 문장들이 내 마음을 끌었다. 그 얇은 책이 내 진로를 바꾸었다. 나는 심리학과에 입학했다. 심리학과에서는 프로이트를 제대로 가르치지 않았다. 프로이트에 대해 기억나는 건 어느 교수가 인용했던 문장, 일과 사랑이 인생에서 가장 중요하다는 금언에 가까운 한마디 말뿐이다.

대학생 시절, 후배의 차 안에서 두 권짜리 일본 소설을 보았다. 붉은색과 녹색의 표지는 촌스러웠고 『노르웨이의 숲』이라는 제목은 코웃음을 유발했다. 며칠 후 국문학과 수업을 듣는데 교수가 그 책의 작가를 언급했다. 제대로 된 소설을 쓰는 사람은 아닌데 주목할 필요는 있다고. 서점으로 가서 그 작가의 책을 샀다. 『바람의 노래를 들어라』였다. 신선했다. 무언가 달랐다. 나는 무라카미 하루키의 팬이 되었다. 그를 모방한 글쓰기를 시도했고, 달리기도 따라 했다. 한때 내 신체가 강건했던 건 무라카미 하루키 덕분이다. 지금은 그의 책을 나오는 족족 구입해 읽지는 않지만 처음 그의 책을 읽었을 때의 놀라움은 여전히 잊을 수 없다.

회사원 시절, 박지원의 글을 우연히 접했다. 그때까지 나는 교과서에 나오는 지루한 글로만 그를 알았다. 제대로 읽은 박지원의 글은 놀라웠다. 이백 년 전 사람 같지가 않았다. 그 후 우리 고전에 관한 책들을 닥치는 대로 사서 읽었다. 읽는 것으로는 모자라 쓰기도 했다. 그 책이 졸저 『연암에게 글쓰기를 배우다』였다.

허균은 사십 대 후반에 명나라 사상가 이지(호 탁오)의 책을 처음 읽고, 그를 너무 늦게 알게 된 것을 후회했다. 다음과 같은 면모 때문이었으리라. 오십이 넘어서야 비로소 공자를 극복한 이지는 뭐라고 외쳤던가? "오십 이전의 나는 한 마리 개에 지나지 않았다."

훌륭한 책이란 무엇인가? 독자의 시야를 트이게 하고 다른 세계를 보여 주는 책이다. 그런 책을 만나는 것은 공부하는 이들의 꿈이다. 내 인생의 네 번째 책을 속히 만나고 싶다.

떠 있는 삶이 꼭 슬픈 건 아닙니다.

정약용

내 삶은 정주定住와는 거리가 멀었다. 나는 학교에 안주하지 못했고, 회사에 맞서 버티지 못했고, 글과 글 사이를 술 취한 개처럼 비틀거리며 떠돌았다. 혹자는 이러한 삶을 유목이라 부르며 즐긴다지만 나에게는 떠 있는 삶, 뿌리 없는 삶이었지 결코 찬양할 만한 삶이 아니었다. 정약용의 글은 내게 위로를 주었다. 떠 있는 삶이 꼭 슬픈 것은 아니며, 공자 또한 한때는 뗏목을 타고 바다를 떠다니는 삶을 꿈꾸었으며, 떠 있는 것은 어쩌면 아름다움과 동의어일 수도 있다고 주장하는 그의 글은 마른 손바닥을 적시는 빗물 같았다.

정약용의 글이 미더웠던 것은 그 또한 떠 있는 삶을 꿈꾸었기 때문이다. 그는 배 한 척을 소유하길 원했다. 어망과 낚싯대, 술잔과 솥을 갖춰 놓고 오늘은 월계, 내일은 석호를 떠다니기 원했다. 바람 속에서 밥을 먹고, 강물을 바라보며 명상하고, 물 위에서 잠드는 삶을 원했다. 정약용의 글이 더욱 미더웠던 것은 그가 결국 배 한 척 소유하는 삶을 이루지 못했기 때문이다. 배를 구하려는 그를 막은 건 임금이었다. 임금은 정약용에게 자신의 곁에 머물라는 명령을 내렸다. 그는 강물 위를 떠다니는 배를 한참 바라보다가 부랴부랴 서울로 향해야 했다. 그 임금이 결국 정약용이 바라던 떠 있는 삶을 선물했다는 건 역설이다. 임금이 죽고 정약용은 역적으로 몰렸다. 그는 떠 있는 삶을 살게 되었는데 뜻밖에도 그가 올라탄 건 배가 아니라 육지의 초당이었다. 하긴, 꼭 배일 필요는 없었다. 공자가 원한 게 뗏목이 아니었듯 정약용이 원한 것도 사실 배가 아니었으므로. 떠다니는 삶을 살며 정주란 무엇인가 고민하는 것, 어쩌면 그것이야말로 그가 가장 원했던 삶이었으므로.

아프지도 않은데 신음이 나온다.
이별한 것도 아닌데 외롭다.
힘들여 일한 것도 아닌데 피곤하다.

유만주

떠다니는 삶이 있는 반면 깊이 가라앉는 삶도 있다. 유만주가 그랬다. 그는 평생 이룬 것 하나 없이 주변인의 삶만 살다 죽었다. 그가 남긴 일기장엔 온통 가라앉은 흔적만 가득하다.

역관 시인 이언진 또한 그랬다. 그는 서산에 해가 넘어가면 울고 싶어진다고 고백했다. 다른 사람들이 집으로 돌아가 밥을 먹으며 깔깔거릴 시간이 되면 외로이 길에 서서 울고 싶어진다고 썼다.

서얼 시인 유금 또한 그랬다. 집에 머무르고만 있자니 우울을 해소할 길이 없어서 문을 열고 밖으로 나왔다. 그러나 그는 멀리 가지 못했다. 갈 곳이 없었기 때문이다. 결국 골목만 배회하다 다시 집으로 돌아왔다.

책을 읽고 공부한다고 해서 성공한 사람이 되는 건 아니다. 성공한 사람보다는 실패한 사람이 더 많다. 나는 그들을 반면교사 삼기로 한다. 뻐딱한 내 머리엔 이런 의문도 든다. 그들은 정말로 실패한 걸까? 어쩌면 나는 그들을 정면교사로 삼아야 하는 건 아닐까? 그들의 깊이 가라앉았던 삶, 사실 그건 떠다니는 삶의 변형은 아니었을까?

모르겠다. 책을 읽고 공부를 하면 더 모르게 되고, 사람에 대해 알았다 싶으면 이내 깜깜해진다.

지금도 그때 일을 잊을 수가 없다.
생각만 해도 눈물이 흐르려 한다.

이익

내게 이익은 『성호사설』星湖僿說의 저자일 뿐이었다. 그가 쓴 글 한 편을 읽고 생각을 바꾸었다. 춥고 어두운 겨울밤이었다. 집으로 돌아가기 위해 서둘러 걷던 이익의 눈에 거지가 들어왔다. 늙은 거지였다. 눈먼 거지였다. 앞이 보이지 않는 거지는 남의 집 대문 앞에 앉아 캄캄한 하늘을 보며 통곡을 했다. 차라리 죽었으면 좋겠다고 서글프게 외치면서. 삼십 년 전의 일이었는데도 이익은 그때 일을 좀처럼 잊을 수가 없다고 썼다. 그때 일을 생각하는 것만으로도 눈물이 저절로 흐른다고 썼다.

내게 남공철은 정조의 명을 받고 박지원에게 반성문 쓰기를 강권한 흉악범(?)일 뿐이었다. 남공철이 쓴 글 한 편을 읽고 어쩌면 그렇지 않을 수도 있겠다고 반성했다. 남공철의 조카 숙인淑人 남씨는 조카이기는 하되 남공철보다 나이가 많은 조카였다. 숙인 남씨는 일찍이 부모를 잃고 남공철의 부모를 아버지, 어머니로 여기며 살았다. 남공철의 아버지가 죽은 뒤, 숙인 남 씨는 길에서 노인을 보면 이렇게 말했다고 한다. "난 노인을 차마 못 보겠어."

숙인 남 씨가 죽자 남공철은 그 말을 기억해 글로 썼다. 다른 말들 대신 그 말 한마디를 중심에 놓고 자신보다 나이 많고 일찍 죽은 조카를 추모하는 글을 쓴 것이다.

공자가 그토록 강조한 인仁은 타인에 대한 공감과 애정일 것이다. 예수 또한 네 이웃을 네 몸과 같이 사랑하라고 하지 않았던가. 성인聖人의 말까지 인용할 문제가 아닌지도 모른다. 공감, 애정, 사랑이 인간이 가장 먼저 배워야 할 자명한 이치인 건 유치원에 다니는 아이도 알 테니까.

백성들 마음에 조금의 원망이라도
생긴다면 그건 임금 그대의 잘못,
하늘이 그 벌로 그대의 자리를
빼앗으리라.

김시습

몇 해 전에 『살아 있는 귀신』이라는 소설을 썼다. 김시습과 단종의 이야기를 다룬 소설이었다. 소설을 쓰게 된 이유가 있다. 세조가 주관한 불경언해 사업에 김시습이 참여한 적이 있다는 글을 읽었기 때문이다. 내가 배웠던 '정통' 역사 교육에 따르면 김시습은 세조에 반대해 평생 은둔하며 살았던 생육신 중의 한 명이었다. 그런 김시습이 세조가 주관하는 사업에 참여했다? 뭔가 앞뒤가 심하게 맞지 않는 듯했다. 자세한 사정을 여기서 다 언급하기는 어렵다. 내가 내린 결론은 짧은 훼절이 김시습을 더 김시습답게 만들었다는 것이었음을 밝혀 둔다. 일반론에 가깝기는 하지만 임금의 자리를 빼앗겠다는 표현까지 쓴 김시습의 시 또한 내 결론에 작은 힘을 보태었다.

　임금의 자리를 빼앗겠다는 글을 쓴 인물이 김시습만은 아니다. 정약용은 하 왕조의 임금 걸을 몰아내고 은 왕조를 세운 탕에 대해 역모가 아닌 정당한 일을 했다고 썼다.

　정약용은 한 술 더 떠 임금을 세우는 것도 백성들이고 임금을 내리는 것도 백성들이라고 썼다. 참람스러운 행동이라 비난할 이들을 위해 이렇게도 썼다. "세우는 것은 괜찮은데 내리는 것은 안 된다? 그게 어찌 이치에 맞는 결론이겠는가?"

　"천하에 두려워해야 할 존재는 오직 백성뿐"이라는 허균의 유명한 글까지 동원할 필요도 없겠다. 공부가 뭐 별건가? 배우지 않았어도 익히 알고 있던 것들, 그것들을 문자로 다시 한 번 확인하는 작업 그리고 몸으로 실천하는 작업일 뿐이다.

공부를 꼭 고생스럽게 해야만
하는 걸까요? 때론 한가하게 쉴
필요도 있습니다.

___
이황

글을 쓰다 보면 더 써도 소용이 없겠구나 싶은 날이 있다. 이야기는 말이 안 되고, 비유는 떠오르지 않고, 상투적인 문장만 쉼 없이 이어진다. 그런 날이면 무조건 접고 밖으로 나가 걷는다. 음악을 들으며 아무 생각 없이 걷고 또 걷는다. 한참 걷다 보면 쓰던 글이 떠오른다. 조금 더 걸으면 쓰다 만 다음 이야기가 떠오른다. 이야기는 구체적인 문장으로 바뀌고 참신한 비유는 문장 중간중간에 자리를 잡는다. 나는 걸음을 멈추고 핸드폰 메모장을 열어 머릿속에 떠오른 문장들을 기록한다. 그러곤 또 걷는다.

영화를 볼 때도 있다. 이미 본 영화는 익숙해서 기쁘고 처음 보는 영화는 신선해서 즐겁다. 영화를 보면 이상하게도 내가 쓰던 글과 비슷한 상황이 전개되거나 비슷한 인물이 등장한다. 흥미롭다고 생각하며 눈 크게 뜨고 지켜본다. 그러다가 아이디어가 떠오르면 얼른 공책을 펼쳐서 적는다. 그러곤 또 영화를 본다.

고리타분하고 근엄할 것이라는 통념과 달리 이황은 솔직하고 따뜻한 사람이었다. 사과도 우아하게 잘하고 훈계도 기분 나쁘지 않게 조근조근 잘도 퍼부었다. 그중에서도 백미는 공부만 하지 말고 한가하게 쉬기도 하라는 문장이다. 이황은 말한다. 옛 성인들의 언행집 『학기』學記와 「숙흥야매잠」夙興夜寐箴에도 때론 놀아야 한다고 적혀 있다고. 믿기지 않았다. 나는 책장에서 『성학십도』聖學十圖를 꺼내 「숙흥야매잠」을 확인했다. 있다. 정말로 있다. "책을 읽다가 쉬는 여가에 노닐며"라고. 『학기』도 펼쳤다. 있다. 정말로 있다. "식언유언"息焉遊焉, 잘 놀고 편안하게 쉰다는 뜻이다. 물론 그냥 쉬거나 놀라는 말은 아니고 쉬거나 노는 중에도 배운 것을 머릿속에 담아 두라는 뜻이다. 그러니까 내 방법은 독창적인 것이 아니었다. 오래전부터 많은 이들이 공부법으로 써 왔던 것. 고전과 내가 이런 식으로 연결될 줄은 꿈에도 생각하지 못했다. 소 뒷걸음질 치다가 쥐 잡은 격이긴 하지만.

대숲에 바람이 분다. 대나무는
무심하게 바람을 느끼고 반응한다.

장유

나는 야구를 무척 좋아한다. 정확히 말하면 방에 틀어박혀 야구 보는 것을 좋아한다. 멋진 야구 소설 한 편 쓰는 것이 내 오랜 꿈이기도 하다. 그런데 우리 집 식구들은 내가 야구 보는 것을 싫어한다. 정확히 말하면 내가 야구 보면서 하는 행동을 싫어한다. 내가 응원하는 팀의 경기가 잘 풀리지 않으면 욕을 해 대기 때문이다. 의외로 욕을 잘하는 인간이로구나 하고 속단은 하지 말기를 바란다. 보통 때에는 욕을 전혀 하지 않지만 야구 경기를 볼 때만큼은 다르다. 어처구니없는 경기를 보면 나도 모르게 큰 소리가 튀어나온다. 그런 일이 몇 차례 반복되면 경고가 날아들어 온다. 그럴 바에는 차라리 보지 말라는 압박이 들어온다. 경고와 압박, 모두 다 받아들일 수밖에 없다. 정신 못 차리고 욕을 해 댔으니 다 수용할 수밖에 없다.

야구를 예로 들었지만 글을 쓸 때도 마찬가지다. 소리 내서 욕을 하지 않을 뿐, 기본적인 마음은 동일하다. 잘되는 날에는 환호하고 잘 안 되는 날에는 욕을 한다. 잘되는 것이 실은 잘 안 되는 것이고, 잘 안 되는 것이 잘되는 것일 수도 있다는 걸 알면서도 오래된 나쁜 버릇을 좀처럼 버리지 못한다.

장유의 글 — 실은 중국 송나라의 성리학자 정자程子의 문장을 인용한 것이기는 하지만 — 은 아름답다. 일희일비하지 말고, 대나무가 바람을 대하듯 살라는 의미다. 모든 아름다운 행동은 단순해서 더 실행하기 어렵다.

그나저나 옛사람들은 자연에서 많은 것을 보고 배웠다. 공자는 냇물을 보며 "지나가는 것이 이와 같구나" 감탄했고, 중국 북송 시대의 유학자 주돈이는 "잡초 또한 나와 뜻이 같으므로 뽑을 수 없다"라고 주장했다. 내 주위에도 대나무가 있고, 냇물이 있고, 잡초가 있다. 내게 그것들은 있어도 없는 것이나 마찬가지다. 이러니 내가 공부 못하는 사람이라는 걸 다시 한 번 느낄밖에.

대나무는 꼿꼿하면서 빛을 발하지는 않는다. 곧으면서도 잘난 체는 하지 않는다.

김매순

나는 죽전竹田에 산다. 처음 이사 왔을 때 죽전이라는 이름의 유래가 궁금했다. 아파트 단지 외의 곳에서 대나무를 본 적이 없기 때문이었다. 김매순의 문장을 읽고 유래가 다시 궁금해졌다. 죽전 휴게소 안내판에 따르면 죽전의 시조는 정몽주나 다름없다. 그의 상여를 고향인 영천으로 나르던 중 돌풍이 불어 영정이 떨어졌다. 사람들은 하늘의 뜻임을 직감하고 무덤을 만들었다. 그 광경을 본 백성들이 '만고의 충신'(휴게소 안내판의 표현이다)을 기리기 위해 상여가 지나간 곳을 '죽절'竹節이라 불렀는데(대나무 마디는 절개를 상징하므로) 그것이 점차 변하여 죽전이 되었단다. 요약하자면 죽전이라는 명칭은 실제 대나무와 무관하다는 것. 용인시는 무덤 말고는 아무런 인연도 없는 정몽주를 홍보 대사로 삼고 있으니 때맞춰 불었던 돌풍에 감사부터 하고 볼 일이다.

대나무도 없으면서 이름에 '죽'竹 자가 들어간 곳이 죽전만은 아니다. 성해응의 동생 성해운은 집을 지은 후 '죽곡정사'竹谷精舍라는 이름을 붙였다. 죽곡竹谷은 대나무 골짜기란 뜻이다. 이름만 봐서는 대나무를 잔뜩 심었을 것 같지만 그의 집에 대나무는 단 한 그루도 없었다. 형이 그 이유를 묻자 성해운은 이렇게 대답했다. "데려오기 어려운 것을 귀하게 여겨 이름으로 삼은 겁니다." 성해운은 다른 곳에 옮겨 심으면 금방 죽는 대나무의 절개를 선비에 비유하여 죽곡이라는 이름을 붙인 것이다.

기왕 대나무 이야기가 나왔으니 양호맹을 소개하겠다. 그는 자신의 집에 '죽오'竹塢(대나무 언덕)라는 이름을 붙이고 박지원에게 글을 써 달라고 십 년 넘게 떼를 썼다. 바꿔 말하면 박지원이 십 년이 넘도록 거절했다는 뜻이다. 왜? 대나무에 관한 글이 너무 많기 때문이었다. 평범한 진리를 담은 글쓰기는 그의 자존심이 허락하지 않았으리라. 박지원은 양호맹에게 글을 써 주었을까? 궁금하다면 직접 찾아보기 바란다. 아, 대나무가 공부하는 이에게 주는 교훈이 뭐냐고? 그 이야기는 왜 안 하냐고? 안 하긴, 이미 다 했다.

나는 천지 사이의 한 마리 좀이다.

이익

022

서경식 선생의 일화가 떠오른다. 프랑스를 방문했던 선생은 배가 고파서 가까운 식당에 들어갔다. 식당 주인은 베트남 사람이었다. 선생은 제대로 고개를 들지 못했다. 자신이 한국 사람이라는 것을 주인이 알아챌까 봐 부끄러웠기 때문이었다. 선생이 베트남에서 나쁜 범죄라도 저질렀나 하고 의아하게 여기는 이들도 있겠다. 그렇지 않다. 선생은 한국인임을 부끄러워한 것이었다. 한국이 '자유 수호'를 목적으로 베트남에 군대를 보냈다는 건 널리 알려진 사실이다. 그 과정에서 적지 않은 경제적 성과를 거두었다는 것도. 그러나 베트남 파병이 베트남 국민들에게 참을 수 없는 고통을 주었다는 사실은 어떤가? 알면서도 외면하는 사실이라 말해야 옳을 것이다. 선생이 부끄러워한 이유는 한 나라의 국민으로서 책임감과 죄책감을 느꼈기 때문이었다. 선생은 한국 사람이지만 일본에서 나고 자랐다. 일본에 귀화하지 않고 사는 재일 한국인이라는 이유로 차별을 받으며 살아왔다. 한국은 어떠했나? 조국에 유학 온 선생의 두 형을 간첩으로 몰아 수십 년의 시간과 자유, 심지어는 얼굴과 신체의 일부까지 빼앗았다. 그런데도 선생은 한국 여권을 갖고 있다는 이유 하나만으로 부끄러움을 느꼈던 것이다.

이익은 스스로를 한 마리 좀이라 불렀다. 쌀 한 톨 만들어 내지 못하면서 밥을 먹고 또 먹는 자신이 부끄러워 좀이라 불렀다. 이익은 가난한 양반이었다. 나라의 관리도 아니었고 정부의 지원도 받은 적이 없었다. 지원은커녕 남인이라는 이유로 차별을 받았고 형까지 잃었다. 그런데도 이익은 부끄러워했다. 수탈당하는 백성을 보면서 자기 일처럼 가슴 아프게 여겼고 자신의 죄로 여겼다. 서경식 선생과 이익의 일화를 통해 '국민'이라는 단어에 대해 다시 생각하게 된다. 국민은 정치인의 선거 공약에만 등장하는 추상적인 단어가 아니다. 한 나라의 국민이라는 건 숙명이기도 하고, 권리이기도 하고, 책임이기도 하다. 이웃이 아픔을 겪는 것, 그건 내 잘못이기도 하다는 뜻이다. 너무 과한 생각일까?

나는 한 마리 벌레, 한 조각 기와다.
기술도 없고, 재주도 없다.

이덕무

이덕무는 훌륭한 성품을 지닌 사람이었다. 과문한 탓인지 몰라도 이덕무의 인품을 홍보하는 글은 본 적이 없는 것 같다. 이덕무의 벗 박제가의 인품에 대한 박한 평가와는 대조적이다. 이덕무는 서얼이었다. 사회의 차별을 받았다는 뜻이다. 박제가 또한 삐딱한 시선을 감수해야 할 서얼이긴 마찬가지였다. 두 사람은 둘도 없는 벗이었지만 차별을 대하는 태도는 달랐다. 박제가는 직설에 가까운 언어로 세상을 비난했지만 성품 좋은 이덕무는 차마 그렇게는 하지 못했다. 대신 이덕무는 자기를 희화화하는 전략을 주로 썼다. 스스로를 벌레라 부르고, 기와라 부르고, 땜장이라 불렀다. 그런 글을 읽으면 그의 슬픔이 고스란히 느껴진다. 가슴속으로 삼킨 슬픔이 문장 사이로 얼핏 설핏 보여서 더 마음이 아프다.

박제가도 대단하지만 이덕무에게 따뜻한 시선을 보내고 싶다. 어쩌면 공부란 그런 아픔을 바라보는 일인지도 모르겠다. 곧바로 터뜨리지 않고 우선은 그저 제대로 바라보는 것, 내뱉지 않고 삭이는 것, 그것이 바로 공부인지도 모르겠다.

구도求道란 생각을 바꾸는 것, 생각이
바뀌면 모든 것이 그 뒤를 따른다.

이용휴

024

변명하자면, 딴생각하지 않고 온전히 글쓰기에만 집중하는 것은 생각보다 훨씬 힘든 일이다. 몇 시간이고 계속해서 컴퓨터와 씨름하다 보면 온갖 잡생각이 밀려든다. 가장 견디기 힘든 건 아침부터 저녁까지 방 안에 머물며 세상에 별반 도움이 되지도 않는 일만 죽어라 하고 있다는 회의감이다. 회의감이 찾아오면 더 이상 글을 쓰는 건 불가능하다. 컴퓨터를 끄고 방에서 나와야 하지만 그럴 수도 없다. 회의감이 찾아올 때마다 컴퓨터를 끄고 방에서 나오면 글쓰기는 불가능하다. 어떻게든 방에 머물러야 한다. 어떻게든 회의를 몰아내고 조금이라도 더 컴퓨터와 씨름해야 한다.

이용휴는 생각을 바꾸라고 말한다. 생각의 전환을 통해 국면을 바꾸라고 말한다. 구도求道란 다름 아닌 구도構圖를 바꾸는 것이라고 말한다. 그럴 때 내 방은 세상을 향해 열려 있는 창이 될 것이고, 내 글쓰기는 세상 사람들이 앞 다퉈 읽을 만한 글이 될 것이며, 내 공부는 세상 사람들이 받아들일 만한 공부가 될 것이라고 말한다. 참 쉽다. 참 쉽다는 건 실은 어렵다는 의미다. 생각 바꾸기, 즉 구도를 바꾸는 건 정말로 어려운 일이리라. 그럼에도 바꿔야 한다. 바꾸지 않으면 바꿀 수 없다. 나를 바꾸지 않고서는 세상도 바꿀 수 없다. 그런 의미에서 방에 머무르는 것은 일종의 결단이기도 하다. 머무르되, 생각을 바꿔서 세상을 바꾸겠다는 것이다. 어렵다. 참 어렵다.

유배객 김려는 좁은 방을 비추는 창문에 사유思牖라는 아름다운 이름을 붙였다. 생각하는 창문이라는 뜻이다. 그 창문 아래에서 「사유악부」思牖樂府라는, 역시 아름다운 글을 썼다. 그렇다면 내가 제일 먼저 해야 할 일은 창문에 좋은 이름부터 붙이는 것일 수도 있겠다.

사족 하나, 이가환은 「수창」睡窓, 즉 '잠자는 창'이라는 제목의 글을 썼다. 이건 도대체 무슨 의미를 가진 창문일까?

나는 작품만으로 그 작가를
평가할 뿐이다. 작품을 읽을 때
대궐문을 잠그고 시험을 치르듯
하는 까닭이다.

———

이용휴

「베스트 앨범은 사지 않아」라는 가을방학의 노래 제목에 깊이 공감한다. 나 또한 베스트셀러는 사지 않는다. 많이 팔렸다는 이유로 책을 사는 건 자존심 상하는 일이다. 사실 나는 책 고르기의 달인이다. 책 표지만 봐도 내게 맞는 책인지 아닌지 알아낼 수 있는 신통방통한 능력을 지녔다. 궁예에게 관심법이 있었다면 내게는 관서법이 있는 셈이다.

먼저 제목을 본다. 시류에 편승했거나 직설적인 제목을 단 책은 제외한다. 디자인도 본다. 세련되지 못한 책, 과하거나 대충 만든 책, 유행을 따른 책은 제외한다. 저자 이력도 본다. 이력란이 아예 없거나, 이력이 너무 길거나, 이력이 책의 분야와 맞지 않으면 제외한다. 표지와 책날개의 문구도 본다. 최초, 최고 등의 표현이나 어법에 맞지 않는 문장이 많은 책은 제외한다. 띠지도 본다. 저자 사진이 크게 들어가 있거나, 과장된 표현이 많은 책은 제외한다. 출판사도 본다. 튀는 이름의 출판사, 전작이 형편없었던 출판사, 직원들 학대하기로 유명한 출판사의 책은 제외한다. 그 밖에도 따질 것은 많다. 종이의 질, 두께, 서체 종류, 가격 등등…….

이 글을 쓰다가 책장을 살펴보고 알게 되었다. 방금 적은 관서법은 사실 엉터리였다는 것을. 내가 구입한 책들은 대부분 유명한 출판사에서 출간됐다. 이름 있는 저자의 책이 열에 아홉이며, 상을 받았거나 뛰어난 경력을 자랑하는 이들의 책이 대부분이었다. 나는 출판사와 저자라는 두 가지 잣대, 즉 이미 알려진 잣대로 책을 구입해 온 거나 마찬가지인 셈이다.

나와는 달리 이용휴는 자신의 말을 실천한 사람이었다. 이언진, 이단전 같은 기이한 작가들은 이용휴가 직접 발굴했다고 해도 과언이 아니다. 이용휴는 맑은 눈으로 훌륭한 작품과 대단한 작가를 감별한 진짜 감별사였다. 내 이름을 단 책들은 어떤 기준에서 감별되고 있을까? 생각만으로도 부끄럽고 쓸쓸하고 가슴이 아프다.

책 읽기에 마땅한 장소라는 건 없다.

이가환

몇 해 전 지금의 집으로 이사 왔다. 제일 넓은 방을 내가 차지했다. 벽마다 책장을 세우고 책을 채워 넣었다. 방 한가운데에는 중고로 구입한 커다란 부장님 책상을 놓았다. 책상이 크니 참 좋았다. 책상 위에 백여 권의 책을 네 줄로 쌓아도 글을 쓰는데 전혀 불편이 없었다. 방이 크니 참 좋았다. 티브이와 티브이를 보거나 책을 읽으며 쉴 수 있는 흔들의자를 놓았는데도 공간이 남아돌았다. 전에 쓰던 방은 그렇지 않았다. 책장과 사원용 책상만으로 방이 꽉 찼다. 책장 때문에 문을 활짝 열 수도 없었다. 일의 특성상 나는 책상 위에 관련 자료를 전부 올려놓아야 마음이 놓이지만 그러면 책상이 더 좁아져서 자판 치기도 어려웠다. 필요한 책 한 권 찾는 일은 곡예가 따로 없었다. 게다가 방은 또 왜 그렇게 덥고 추운 건지. 여름엔 땀 제조 공장이었고 겨울엔 얼음 제조 공장이었다. 생각해 보면 그래도 그 방에서 나는 글을 참 많이도 썼다. 땀을 흘려 가며, 얼음을 부숴 가며 글을 참 많이도 썼다. 물론 지금의 방이 더 좋기는 하지만 그 방 또한 내겐 나쁘지 않았다. 그랬기에 이가환은 독서인讀書人은 있어도 독서처讀書處는 없다고 한 것이리라. 공부에 맞는 사람은 있어도 공부하기에 좋은 장소는 따로 없다고 한 것이리라.

이가환의 문장을 읽으니 홍길주의 도서관 표롱각縹礱閣이 떠오른다. 천하의 읽을 만한 글을 모두 갖춰 놓은 곳이 표롱각이었다. 그렇다면 표롱각은 크고 넓어야 하겠지만 그렇지 않았다. 크고 넓기는커녕 아예 존재하지도 않는 것 같았다. 그럼에도 표롱각은 분명히 존재했다. 우리가 사는 세계가 바로 홍길주의 도서관이었기 때문이다. 홍길주의 도서관은 보르헤스의 「바벨의 도서관」을 떠올리게 한다. 그러고 보니 홍길주의 몇몇 글은 보르헤스와 참 비슷한 것 같다. 아르헨티나 국립도서관장을 역임했던 보르헤스는, 책에 관해서는 모르는 게 없었던 보르헤스는 이백 년 전 조선에 자신과 비슷한 작가가 있었다는 사실을 과연 알았을까?

그가 가지고 다니는 책은 평범했다.
나 또한 다 보았던 것들이었다.
그가 하는 질문들은 처음 듣는
것들이었다. 나도 모르게 자리를
피한 게 여러 번이었다.

———
이가환

이청준과 윤후명의 소설을 참 좋아했다. 이청준의 소설은 지적이어서 좋았고, 윤후명의 소설은 자멸적이어서 좋았다. 나는 지적이고 자멸적인 두 작가의 소설을 하나도 빼놓지 않고 다 읽었다.

이십 대 시절, 교보문고에서 개최한 이청준 선생 강연회에 참석했다. 맨 앞자리에서 선생의 강연을 들었다. 강연이 끝난 후에는 손을 들고 질문까지 했다. 좋아하는 작가에게 질문할 수 있는 유일한 기회이니만큼 모두가 깜짝 놀랄 만한 질문을 하겠다는 의욕에 몇 날 며칠을 고민하며 만든 질문이었다. 선생은 내 질문을 잘 이해하지 못했다. 너무 긴장한 나머지 앞뒤가 맞지 않는, 도무지 무엇을 궁금해하는지 알 수 없는 질문을 던졌던 것이다. 당황한 나는 질문을 바꿨다. 김주영을 어떻게 생각하느냐는 질문에 선생은 훌륭한 작가라고 대답했다. 선생의 강연을 들으러 와서 고작 한다는 질문이 다른 작가에 대해 묻는 것이라니, 고개를 들 수가 없었다.

선생이 세상을 떠나기 몇 해 전 나는 선생을 다시 만났다. 문학잡지를 내는 출판사에서 잠깐 일하던 때였다. 선생의 인터뷰를 지켜보았고, 이어진 뒤풀이에도 참석했다. 선생의 옆자리에 앉아 선생의 이야기를 가만히 들었다. 조용히 술잔을 비우는 선생을 보며 혹시 나를 기억하고 있는지, 오래전에 받았던 바보 같은 질문을 기억하고 있는지 묻고 싶어졌다. 나는 묻지 못했다. 입도 벙긋하지 못했다. 준비해 갔던 소설책에 사인조차 받지 못했다.

우연히도 나는 선생이 마지막으로 살았던 아파트 근처에 산다. 산책하다가 선생이 살았던 아파트를 지날 때면 선생에게 질문하고 싶어진다. 오래 준비한 질문이 아니라 그냥 머리에 떠오르는 것들을 두서도 없이 묻고 싶어진다.

사족 하나. 나는 윤후명 선생도 만난 적이 있다. 술에 취한 선생은 고개를 갸웃하며 물었다. "우리 전에 만난 적이 있지 않나?"

눈과 귀가 열리지 못한 요즈음
사람들은 옛사람의 글을
무덤덤하게 보는 병을 갖고 있다.

박제가

028

중고 서점에 들렀다가 오래전에 절판된 책『돌 위에 새긴 생각』을 발견했다.『학산당인보』學山堂印譜에서 뽑은 글들에 정민 선생이 짧은 감상을 덧붙인 책이었다. 어떤 책인가 늘 궁금하게 여겼는데 절판된 탓에 구하지 못하다가 드디어 손에 넣게 된 것이다.『학산당인보』부터 소개하는 게 순서일 터.『학산당인보』는 중국 명나라 사람 장호가 옛 경전에서 좋은 글귀를 간추려 엮은 책이다. 장호의 책을 알게 된 것은 박제가 덕분이다. 박제가는 막역지우 이덕무가『학산당인보』를 발췌해서 만든 책에 서문을 썼다. 인용한 글은 그 서문의 첫 문장이다.

잔뜩 기대하며 책을 펼쳤다. 분홍 면지에 만년필로 쓴 글씨가 제일 먼저 눈에 들어왔다. 남자가 여자에게 보낸 편지였다. 그 편지를 읽고 이 책이 중고 서점에 흘러들어 온 사연을 알게 되었다. 남자와 여자는 함께 전각을 배우는 사이였다. 여자에게 호감을 품었던 남자는 여자의 생일에 책을 선물했다. 책에서 인용한 글귀(뭔지는 밝히지 않는 게 좋겠다)가 남자의 마음을 대변했다. 여자의 마음은 달랐다. 박제가 식으로 표현하면 여자는 남자의 글을 무덤덤하게 읽었다. 그랬기에 주저하지 않고 이 책을 중고 서점에 팔았을 것이다. 남녀의 사연을 뒤로하고 책 내용을 살폈다. 안대회 선생이 좋아한다는 글귀 "고개 들어 하늘에게 물으니 하늘 또한 괴롭다 하네"가 나타났다. "십 년간 책을 읽으면 천하에 고칠 수 없는 병이 없다"와 같은 평범한 경구도 있었다. 한참을 뒤적이니 박제가가 사랑했을 듯한 글귀도 모습을 드러냈다. "지금 사람 가벼이 보지 않고 옛사람도 사랑하네." 그러나 내 마음을 사로잡은 건 "안개와 노을이 여윈 얼굴 만드네"와 같은 것들이었다. 바쇼의 하이쿠처럼 아름답고 묘한 글귀들. 살짝 마음을 잡았다가 사라지는 글귀들.

책을 덮으며 남녀를 생각했다. 당신에게 바쇼 식으로 묻고 싶다. 여윈 건 남자의 얼굴일까, 여자의 얼굴일까?

어쩌다 보니 물고기가 된 것이고,
어쩌다 보니 내가 된 것이다.
그런데도 나와 다르다는 이유로
비웃고 천시한다.

———

박제가

일주일에 서너 번은 탄천 산책길을 걷는다. 내가 자연에 무심한 인간인 건 앞에서 말한 바 있다. 그런 내게도 관심을 끄는 대상이 있으니 바로 탄천에 사는 물고기들이다. 탄천에는 물고기가 정말 많다. 다리 주변에는 특히 많아서 수십, 수백 마리가 모여 있다. 내가 보기에 탄천은 물고기가 거주하기에 좋은 하천이 아니다. 폭은 넓고 물은 얕다. 자갈도 많고 쓰레기도 많고 해로워 보이는 요상한 색의 거품도 많다. 장마철을 제외하곤 물고기의 몸을 간신히 덮을 만큼의 물만 흐른다. 자연스레 질문이 떠오른다. 좋은 데 놔두고 쟤들은 왜 이런 곳에서 고생할까? 나 같은 인간이 떠올리는 답은 뻔하다. 물고기는 역시 물고기로구나.

　박제가의 답과 나의 답은 차원이 다르다. 달라도 너무 다르다. 그러기에 박제가는 고통스러웠을 테고 무지한 나는 늘 편안하다. 진실을 외면하고 얻은 바보의 편안함이다.

　박제가의 생각과 똑같은 소설 한 편이 있다. 훌리오 꼬르따사르가 쓴 「아숄로뜰」이다. 이 소설을 읽은 후 나는 안 그래도 별로 좋아하지 않았던 수족관을 더욱 싫어하게 되었다. 소설 내용이 궁금하다면, 물고기와 사람의 관계 혹은 환생에 관심이 많다면 일독을 권한다.

공부는 느긋해서도 안 되고,
조급해서도 안 된다.
공부는 죽은 뒤에야 끝이 난다.

___
이이

030

공부하는 사람이라면 반드시 읽어야 할 글이 바로 이이의 「자경문」自警文이다. 말 그대로 스스로를 경계하는 글이다. 어느 한 줄 의미 없는 글이 없지만 신독愼獨을 강조한 부분이 가장 와 닿는다. 신독은 홀로 있을 때 몸가짐을 바로 하고 언행을 삼간다는 뜻이다. 누가 뭐라 해도 공부란 결국 자신과의 싸움이다. 당연한 소리지만 남에게 보이기 위해, 남을 이기기 위해 하는 공부는 진짜 공부가 아니다.

이이가 스무 살에 썼다는 이 「자경문」은 사실 좀 무섭다. 결의를 다진다는 것은 알겠는데 어찌나 결연한지 문장에서 살기가 다 느껴진다. 공부는 죽은 뒤에야 끝이 난다는 문장도 그중 하나다. 당연한 말이고, 좋은 말이지만 무섭다. 이이의 성격이 은연중에 드러나는 것 같다. 내가 보기에 이황이 따뜻한 사람이었다면 이이는 냉정한 사람이다. 가장 무서운 건 마지막 문장이다. "이렇게 하지 않고 부모가 남겨 주신 몸을 해치고 욕되게 하는 자는 사람의 자식이 아니다."

정말, 무섭다.

처음 배우는 사람은 먼저
뜻부터 세워야 한다.

———
이이

이이만큼 공부에 관한 명문장을 많이 남긴 사람은 없을 것이다. 앞서 소개한 「자경문」도 그렇지만 『격몽요결』擊蒙要訣은 한 권 전체가 공부에 관한 글이다. 그래서 좀 거부감이 생기기도 한다. 공부에 관해서 이이가 가장 중요하게 여긴 것은 뜻을 세우는 일이다. 뜻은 크게 세워야 한다. 공부하는 이라면 성인聖人이 되기를 바라고 또 바라야 한다고 말한다. '뜻 세우기'는 이이의 일관된 철학이다. 「자경문」에도 이러한 의미의 문장이 나오고 임금에게 올린 글 『동호문답』東湖問答에서도 군주가 가장 먼저 해야 할 일은 뜻을 세우는 것이라고 썼다.

이이의 말을 따르기는 어렵지 않다. 공부 잘하기를 꿈꾸는 우리가 제일 먼저 해야 할 일은 뜻을 세우는 일이다. 목표를 올바로 세워야 한다. 하지만, 하지만 말이다. 우리는 잘 알고 있다. 이이의 말이 옳기는 하나 문제는 뜻을 세우는 게 아니라 실천하는 과정에 있음을 아주 잘 알고 있다. 이이는 우리의 투정 혹은 반발을 예상이라도 한 것처럼 이렇게 말한다. "뜻을 세우는 척만 했기 때문이다." 어떻게 아느냐고? 공부에 대한 열의가 하나도 없는 걸 보면 저절로 알 수 있다. 정말로 공부에 대한 뜻을 확고하게 세웠다면 절대로 대충 공부하고 끝낼 수는 없다는 뜻이다. 이이는 공부에 관한 한 양보가 없다. 물론 그러니까 이이이다.

내가 하는 말은 그들이
기대하던 말이 아니다. 그들은
나를 믿지 않는다.

———
박제가

글 쓰는 사람으로서 갖고 있는 원초적 고민이 하나 있다. 내가 원하는 글을 쓸 것인가, 독자들이 원하는 글을 쓸 것인가 하는 문제다. 고집스럽게 고전 관련 글만 쓰고 있으니 본인이 원하는 글만 잘도 쓰고 있군 하고 쉽게 결론을 내릴지도 모르겠다. 그러나 내 속사정은 다르다. 나는 내 나름대로의 조사(자세히는 말하지 않겠다)를 통해 사람들의 기호를 파악하고 최대한 시류에 편승해 가며 글을 쓰고 있다. 믿기지 않겠지만 그렇다.

박제가는 나와 정반대의 길을 갔다. 북학을 부르짖었던 그답게 청나라를 배우자고 열을 올렸다. 대부분의 사람들이 자신의 말을 듣기 싫어한다는 것을 알면서도 멈추지 않았다. 그래서 그는 외로워졌다. 너무 지친 나머지 그들은 자신을 믿지 않는다고 내뱉었다. 박제가가 좋아했던 『학산당인보』의 글귀 하나가 생각난다. "으뜸가는 선비는 마음을 닫고, 중간 가는 선비는 입을 닫으며 못난 선비는 문을 닫는다."

문제는 세상이 듣고 싶어 하는 말만 하려 애쓰는 나 또한 외로움을 느낀다는 것이다. 어찌 된 일인지 사람들은 내 말에 전혀 귀를 기울이지 않는다. 내 '조사'가 잘못된 것일까? 이럴 줄 알았으면 차라리 박제가의 뒤를 따르기라도 할 걸 그랬다.

세검정은 언제 가장
아름다운가? 쏟아지는 소나기
속에서 폭포를 볼 때이다.

정약용

033

흔히들 정약용을 평생 공부만 하고 살았던 재미없는 사람, 범접하기 어려웠던 사람, 평범한 이들과는 근본부터 달랐던 사람으로 여긴다. 노년의 정약용에겐 확실히 그런 모습이 있었다. 젊은 시절의 정약용은 결코 그렇지 않았다. 친구들과 꽃구경하며 시 쓰는 모임을 만들었고, 촛불에 비친 국화 그림자를 미치도록 좋아했고, 소나기 쏟아지는 날 그 비를 온몸으로 맞으며 세검정으로 달려가는 것을 사랑했다. 한마디로 흥과 끼가 넘치는 사람이었던 것.

정약용의 가장 아름다운 글을 꼽으라면 나는 「유세검정기」遊洗劍亭記를 들고 싶다. 소나기 쏟아지는 세검정의 풍광을 묘사한 이 글을 내 졸렬한 글솜씨로는 도저히 옮길 방법이 없다. 궁금하다면 당신이 직접 찾아서 읽어 보는 게 좋겠다.

소나기 내리는 세검정이 유독 아름다운 건 소나기가 곧 그치기 때문일 것이다. 보통의 사람들은 비가 오면 비를 피한다. 천지를 뒤흔드는 소나기가 무섭게 내리는 그 순간에 세검정을 찾아갈 생각 따위는 하지도 않는다. 그렇기에 소나기 퍼붓는 세검정을 직접 본 사람은 거의 없다. 사람들은 가장 아름다운 세검정을 보지도 못했으면서 세검정에 대해 다 안다고 여긴다. 남들 다 하는 면신례를 거부하는 바람에 구설수를 일으켰던 박태한이라는 선비의 고집스러운 한마디가 떠오른다. "세상일은 항상 남을 따라 하다가 망하는 법입니다."

지극한 슬픔이 찾아왔을 때
나는 책을 든다. 조용히 책을 읽으며
내 마음을 위로한다.

이덕무

봄에는 이런 생각을 해 보았다. 계속 이렇게 살 수 있을까?

지난겨울은 무척 어려웠다. 봄이 되면 나아지겠거니 하는 희망으로 버텼다. 겨울이 가고 봄이 왔다. 꽃이 피고 꽃이 졌다. 봄은 금세 끝났고 기대는 실현되지 않았다. 매일 읽고 쓰는데 바뀌는 건 하나도 없었다. 결국 제풀에 나가떨어졌다. 하루를 쉬고 이틀을 쉬고 일주일을 쉬었다. 읽지도 않고 쓰지도 않고 그냥 쉬었다. 아니, 쉬었다는 표현은 옳지 않다. 아무것도 하지 않았지만 몸과 마음은 더 피곤했다.

이덕무의 글을 읽고서야 그 이유를 알았다. 내가 더 피곤했던 건 읽지도 쓰지도 않았기 때문이다. 읽고 쓸 때는 그래도 막연하나마 기대가 있었다. 그것들을 놓아 버리자 기대도 사라졌다. 그래서 나는 다시 읽고 쓰기로 했다. 이덕무에게 찾아왔다가 사라졌듯이 내 슬픔과 고통도 사라지기를 바라며 다시 읽고 쓰기로 했다.

윗사람 혹은 친구가 요즈음
뭘 하느냐고 묻는 경우가 있다.
그럴 경우에는 솔직하게 대답해야
한다. 논다는 말로 하는 일을
숨겨서도 안 되며, 공부한다는 말로
나태함을 감추어서도 안 된다.

———
이덕무

앞서도 밝혔지만 나는 회사 다니며 글을 쓰기 시작했다. 지금에야 쉽게 말하지만 처음 글을 쓸 땐 막막했다. 나는 소설 읽기 중독자였지 창작자는 아니었다. 읽기와 쓰기는 전혀 다른 우주였다. 쓰기 전에는 그 사실을 몰랐다. 그만큼 쓰기에 무지했다. 그래도 기왕 시작한 일이라 꾸역꾸역 써 나갔다. 한 달에 소설 한 편씩을 어떤 식으로든 완성해 나갔다. 연말에 그동안 쓴 소설들을 세어 보니 열 편이 넘었다. 당시엔 어딘가에 응모해 볼 생각도 하지 않았다. 그렇다고 일기를 쓴 것도 아닌데 혼자 간직하고 있을 수는 없었다. 잠깐 고민한 뒤 회사 앞 복사 가게로 가서 스무 부를 복사하고 제본도 했다. 며칠 후 그 책들을 회사 사람들과 친구들에게 팔았다. 만 원씩 받았던 것으로 기억한다. 생각하면 생각할수록 낯 뜨거운 일이지만 이런 식의 사적 이익 추구를 몇 년 동안 지치지도 않고 되풀이했다.

그런 일을 한 이유는 단순했다. 내가 글을 쓴다는 사실을 사람들에게 알리고 싶었다. 물론 당시의 내 글은 사람들이 돈을 주고 사서 읽을 만한 작품이 아니었지만 나는 작가가 되고 싶었고, 내 글이 일시적인 충동에서 나온 것이 아니라 진지한 고민의 결과물임을 사람들에게 알리고 싶었다. 그러기 위해서는 내가 글을 쓴다는 사실을 먼저 고백하고, 부끄러움을 동력 삼아 열심히 쓰는 방법밖에는 없었다.

공부도 혼자 하는 것이고 글도 혼자 쓰는 것이다. 그러나 공부와 글쓰기는 결국 세상을 상대로 하는 일이다. 그때 가장 필요한 건 정직성이다. 내 실력을 과장하지 않고 있는 그대로 드러내고, 부족하면 부족한 대로, 넘치면 넘치는 대로 세상과 대화하는 것이다. 물론 말과 현실은 좀 다르다. 요즈음 뭘 쓰느냐는 질문을 받으면 대답을 얼버무리게 된다. 해가 지날수록 증상은 점점 더 심해진다. 처음 글을 쓰기 시작했을 때의 패기는 사라지고 두려움만 남은 것 같다. 아, 나는 그 이유를 조금은 알 것 같다.

나라도 세상 물정에
어두워야 하지 않겠나?

허필

허필은 한마디로 대책 없는 사람이었다. 평생을 글 쓰고 그림 그리며 살았다. 가장의 수입이 전혀 없으니 집안 꼴이 엉망인 건 명약관화이고, 쌀독이 텅 비는 건 일상다반사였다. 허필은 오래된 물건을 무척 좋아했다. 마음에 드는 물건을 만나면 그 자리에서 옷을 벗어 물건과 바꾸었다. 세상 사람들의 질타가 쏟아지는 것은 당연한 일. 그럴 때마다 허필은 이렇게 말했다고 한다. 나라도 세상 물정에 어두워야 하지 않겠나?

허필처럼 살기에 나는 세상 물정을 너무 잘 안다. 약삭빠른 사람이 되지는 못해도 어리숙한 사람이 되지는 않으려 용을 쓴다. 남에게 피해를 입히는 사람은 되지 않으려 하지만 피해자의 자리에 서는 것 또한 점잖게 사양한다. 어려운 처지에 있는 사람들을 안타깝게 여기지만 다른 한편으로는 어쩔 수 없다고 여긴다.

고위 공직자 후보들의 청문회를 보며 깜짝깜짝 놀란다. 모두들 너무 재빨라서. 세상 물정을 너무도 잘 알아서. 나랏일을 그렇게만 한다면 얼마나 좋을까?

톰과 제리의 제리처럼 날렵하기만 한 그들을 따라가기엔 아무래도 역부족이다. 그러니 나는 허필도 못 되고 고위 공직자도 못 될밖에.

소동파의 마음가짐과 생각은
남보다 훨씬 뛰어났습니다. 그러나
위기가 닥치자 그는 두려움을
이기지 못한 나머지 허둥지둥할
뿐이었습니다.

이학규

037

조선 후기를 살았던 선비들에게 소식(호 동파)은 영웅이자 본보기였다. 김정희, 신위, 조희룡, 허유 등의 소식 사랑은 그중에서도 유별나서 소식의 초상을 모셔 놓고 경배하는 건 그저 보통의 일이었다. 이학규가 보는 소식은 좀 달랐다. 생사의 갈림길에 섰을 때, 소식은 허둥대는 사람 그 이상도 이하도 아니었다고 말한다. 소식을 폄하하는 것이 아니라 소식조차도 그랬다는 뜻이다. 맹자가 강조한, 마음 다잡는 공부를 삼십 년 넘게 했더라도 위기 앞에서는 여전히 겁을 먹고 헤매는 존재가 바로 우리라는 사실, 그것이 이학규 발언의 핵심이다.

나는 이학규의 글을 통해 어떤 경지에 도달하는 것이 얼마나 어려운 일인지 실감한다. 자신이 그 경지에 이르지 못했음을 솔직하게 드러내는 게 얼마나 어려운 일인지도 실감한다. 그러므로 공부란 나의 미숙함을 그대로 드러내는 일이기도 하다. 허둥지둥하는 모습을 민낯 그대로 보이는 일이기도 하다. 세월호가 가라앉았을 때 완벽한 머리를 하고서야 모습을 드러냈던 대통령에게 많은 이들이 격분했던 건 아마도 그래서일 터.

정 군 희순은 나를 따르며 공부한 지
이미 몇 해가 되었다. 그가 이름을
지성志聖으로 바꾸었다. 성인의 도를
스스로 기약한 것이다.

────

남공철

야구 선수 중에는 유독 이름을 바꾼 이들이 많다. 손아섭 때문일 것이다. 손광민이었던 손아섭은 이름을 바꾼 후 일취월장을 거듭했다. 갑작스러운 실력 상승이 이름 때문은 아닐 것이다. 잠재되었던 가능성이 개명과 동시에 표출되었으리라. 그러나 지푸라기라도 잡고 싶은 선수들은 이름을 바꾼 것에 초점을 맞춘다. KBO리그는 개명자의 천국이 되었다.

정희순이라는 사람이 있었다. 과거에 급제해 입신양명하길 꿈꾸었지만 이루지 못했다. 그는 이름을 바꿨다. 정희순은 정지성이 되었고, 개명을 기념해 스승처럼 따르던 남공철에게 글을 부탁했다. 남공철은 정희순, 아니 정지성의 행동이 못마땅했다. 이익을 바라고 이름을 바꾼 것이 마음에 들지 않았다. 그렇기에 그의 글은 축원이 아니라 충고에 더 가까웠다.

이원령이라는 사람이 있었다. 대나무처럼 꼿꼿했던 그는 신돈의 미움을 받았고, 살아남기 위해 깊은 산골에 숨어 살았다. 사 년후 신돈이 죽자 이원령은 이름을 바꿨다. 이원령은 이집이 되었다. 죽을 뻔했다 살았으니 새로 태어난다는 의미로 이름을 바꾼 것이었다. 이집이 이원령이던 시절부터 그를 존경했던 이숭인은 기쁜 마음으로 축하의 글을 써 주었다.

남공철은 정지성을 은근히 비난했고, 이숭인은 이집을 대놓고 칭찬했다. 나는 두 사람의 개명을 모두 존중한다. 사적인 이익을 위해 이름을 바꾼 정지성도, 새로 태어나겠다는 각오로 이름을 바꾼 이집도 존중한다. 이름을 바꿔서라도 뜻을 이루겠다는 투지와 자신의 이름을 걸고 세상을 올바로 살아 나가겠다는 결심을 존중한다.

내 이름 또한 본명이 아니다. 정지성과 같은 이유로 이름을 바꾸었을 수도 있고, 이집과 같은 이유일 수도 있고, 그들과는 전혀 다른 이유일 수도 있다. 중요한 건 이름값은 하고 살아야겠다는 투지와 결심일 터.

주자의 『태극문답』太極問答은
장사꾼의 말일 뿐이다.

최창대

강명관 선생의 『책벌레들 조선을 만들다』에서 최창대가 이런 요지의 과감한 단언을 하는 걸 보고 깜짝 놀랐다. 최창대에 대해 들어 본 적은 있었다. 면신례를 거부하기로 약속했다가 소론의 영수인 아버지 최석정의 만류로 약속을 뒤집어서 친구인 박태한에게 충고를 들었던 그저 그런 인간이었다. 그런 그가 주자를 장사꾼에 비교했다니 믿기지 않았다.

최창대에 대해 조사했다. 그가 가학家學인 양명학에 경도되었으며 『사변록』思辨錄을 지은 박세당을 무척 존경했다는 사실을 알아냈다. 그러고도 죽을 때까지 별다른 화를 입지 않았으니 어떤 면에서는 참으로 운 좋은 인간이었다. 박세당은 그렇지 못했다. 노론은 『사변록』이 주자를 모독했다며 박세당에게 사문난적의 혐의를 씌웠고, 숙종은 그를 삭탈관직하고 서울에서 내쫓았다. 일련의 사태에 충격을 받은 박세당은 얼마 후 세상을 떠났다.

『사변록』 내용이 궁금해서 집에 있는 책을 펼쳤다. 서문에 이런 문장이 있었다. "송나라 때에 이르러 정자와 주자 두 선생이 나타나 해와 달의 거울을 닦고 우레와 벼락의 북을 두드리니, (……) 육경六經의 뜻은 이에 다시 환하게 세상에 밝혀졌다." 정자와 주자가 육경을 재해석한 덕분에 육경의 진리가 세상에 온전히 알려지게 되었다는 뜻이다. 박세당은 사문난적이 아니었다. 지금으로 치면 '고전 다시 읽기' 작업을 시도한 셈이었다.

평생 일기만 쓰며 살았던 유만주는 1784년 12월 25일 일기에 조선에는 이단이 없다고, 그래서 인재 또한 없다고 썼다. 나는 유만주에게 동의한다. 새로운 세상을 만드는 사람은 세상을 다르게 보는 이단들이다.

다만 저는 우리의 공부가
장차 어떤 모습이어야 할지를
걱정할 뿐입니다.

정제두

몇 해 전 『하드리아누스 황제의 회상록』을 읽었다. 하루 종일 이 소설을 생각하다가 보통 때는 잘 쓰지 않는 서평까지 써서 올렸다. 며칠 후 비밀 댓글이 하나 달렸다. 이 소설의 번역은 크게 잘못되었는데 서평에서 은근히 번역을 칭찬한 것이 의아하여 댓글을 달게 되었다는 내용이었다. 일리 있는 의견이었다. 이 소설의 문장은 흔히 말하는 번역 투로 이루어졌다. 소설의 초반부를 힘겹게 넘기게 되는 이유다. 그러나 고비를 넘기면 달라진다. 번역 투의 문장 덕분에 이국 황제 하드리아누스의 마음에 더 깊숙이 들어갈 수 있었고, 여타 소설에서는 느끼지 못했던 독특한 감동이 일었다. 역자는 후기에서 자신의 번역이 의도된 것임을 밝혔다. "번역 투를 우리말답지 않다고 너무 탓하지 말아야 한다"는 의미심장한 문장이 역자의 의도를 대변했다. 댓글을 단 이에게 역자를 비난할 필요는 없다는 뜻을 전하면 될 일이었지만 나는 그렇게 하지 않았다. 적극적으로 역자의 편을 들지 않고 프랑스어를 잘 모르니 어쩌고저쩌고 하는 말도 안 되는 변명으로 슬며시 발을 뺐다. 이유는 단 하나, 그 사람과 논쟁하고 싶지 않았다. 그는 프랑스어를 잘 아는 사람처럼 보였다. 난 프랑스어는 쥐뿔도 모른다. 학식 있어 보이는 그에게 굳이 안 좋은 인상을 주고 싶지는 않았던 것이다.

정제두는 당시 비주류 혹은 이단 취급을 받았던 양명학에 몰두한다는 이유로 꽤 많은 비난을 받았다. 벗들은 정제두에게 양명학을 멀리하는 게 좋겠다는 편지를 보냈다. 정제두는 남들이 걱정하고 뒷말하는 것을 잘 알고 있지만, 자신의 머릿속엔 앞으로의 공부가 어떤 모습이어야 할까 하는 오직 한 가지 생각뿐이라고 말한다. 단호하면서도 시원한 답이었다. 과연 강화학파의 시조 정제두로구나 하고 크게 손뼉을 쳤다가 괜히 무안해졌다.

새벽에 일어나면 아침에 할 일을
생각한다. 아침을 먹은 후엔
낮에 할 일을 생각하고, 밤에
자리에 누울 때면 다음 날 할 일을
생각한다.

———
이이

야구를 좋아하는 내게 일본 야구 선수 오타니 쇼헤이는 감탄과 질투의 대상이다. 한국인과 일본인의 신체 구조에 엄청난 차이가 있는 것도 아닌데, 왜 한국에서는 오타니 쇼헤이 같은 투수가 탄생하지 않는지 도무지 이해가 안 되었다. 그러던 어느 날, 신문 기사를 통해 오타니 쇼헤이의 성공 비결을 알게 되었다. 그는 고등학교 일 학년 때 인생 목표를 세웠다. 일본 프로 야구 드래프트 일 순위로 뽑히는 것! 오타니 쇼헤이는 목표를 달성하기 위해 여덟 개의 세부 목표(몸만들기, 제구, 구위, 스피드, 변화구, 운, 인간성, 멘틀)를 만들고 각 세부 목표를 이루는 데 필요한 구체적인 실천 과제 여덟 가지를 정했다. 스피드를 높이기 위한 실천 과제를 살펴보면 하체 강화, 체중 증가, 피칭 늘리기 등이 눈에 들어온다. 재미있는 건 운을 높이기 위해 정한 과제들인데 인사하기, 쓰레기 줍기, 책 읽기, 야구부실 청소 등 야구 능력과는 별반 관계없어 보이는 것들이 적혀 있다. 오타니 쇼헤이가 목표 달성을 위해 얼마나 구체적이고 치밀하게 그리고 온 마음을 다해 노력해 왔는지를 알 수 있는 항목이었다.

이이 또한 오타니 쇼헤이만큼 구체적이고 치밀한 목표를 세웠던 사람이다. 새벽에는 아침에 할 일을 생각하고, 아침에는 점심에 할 일을 생각하고, 점심에는 저녁에 할 일을 생각하고, 저녁에는 밤에 할 일을 생각하고, 밤에는 다음 날 할 일을 생각한 사람이었다. 서인들이 이이를 떠받든 데에는 다 이유가 있었다.

나 역시 계획을 세우기는 하는데 그 계획이 매년 똑같다. 더 나은 글을 쓰는 것, 더 나은 사람이 되는 것. 얼마 전엔 시험 삼아 월별 계획을 세워 보았다. 몇 줄 적었을 뿐인데 그 압박감이 실로 대단했다. 나는 거기서 멈추고 말았다. 이렇게까지 할 필요가 있을까 하는 느슨한 생각에 지고 말았다. 이이는 말한다. 책을 읽고 실천하지 않는다면 책은 책이고 너는 너일 뿐이라고. 반성한다.

대장부의 생애는 관 뚜껑을
덮어야 끝나는 법입니다.

허균

이름만 알려졌지 읽은 사람은 거의 없는 책 중에 서유구의 『임원경제지』林園經濟志가 있다. 전체 113권에 이르는 이 책은 소장학자들의 노력 덕분에 최근에야 한 권 두 권 번역 출판되고 있다. 물론 전권이 출판되어도 읽을 사람은 많지 않을 것이다. 나는 『풍석 서유구와 임원경제지』라는 총론 격의 책과 『임원경제지 만학지』 1, 2권을 구입하는 데 십만 원을 지출했다. 그 뒤로 나온 책은 아직 구입하지 않고 있다. 내 책장엔 빈칸이 없고, 지갑은 텅 비었기 때문이다.

서유구는 18년의 유배 기간 동안 『임원경제지』를 썼다. 경화세족京華世族 출신인 서유구에게 유배 생활은 고통 그 자체였다. 그는 하루에도 세 번씩 죽기를 기도했다고 한다. 서유구는 글쓰기로 죽음을 잊으려 했으나 죽음은 그를 돕지 않았다. 서유구의 충실한 조력자였던 아들 서우보 그리고 조강치저가 먼저 세상을 떠났다. 책을 거의 완성할 즈음 서유구는 한탄했다. "책을 맡아 보관할 아들도 아내도 없으니 참으로 한스럽구나."

긴 유배 생활이 끝나고 서유구는 과거의 영화를 되찾았다. 이조판서, 병조판서 등 요직을 역임했다. 그러나 바쁜 가운데에도 그의 뜻은 여전히 『임원경제지』에 있었다. 그에게 『임원경제지』는 영원히 끝나지 않는 책이었다. 그는 계속해서 글을 쓰고 내용을 보완해 나갔다. 홍길주가 서유구의 집을 방문하고 남긴 기록이 그 사실을 입증한다. "공의 나이 올해 일흔여섯이신데 아직도 수집하고 보완하는 일을 멈추지 않으신다." 일생의 역작이라는 말은 이런 책에나 써야 할 것이다.

허균은 대장부의 생애는 관 뚜껑을 덮어야 끝이 나는 법이라고 썼다. 대장부뿐 아니라 공부하고 꿈꾸는 삶을 사는 누구나 그럴 것이다.

어려서 깨달아 기억을 잘한
사람은 많다. 하지만 재주만 믿고
게으름을 부리다가 늙으면 세상에
그 이름도 들리지 않는다.

이서우

김시습은 「동봉육가」東峰六歌에서 자신의 어린 시절을 다음과 같이 회상한다. "세종대왕께서는 나를 궁궐로 부르셨다. 크게 휘두른 붓질에 용이 하늘로 날아올랐다."

'오세五歲 신동'으로 널리 알려진 일화를 김시습이 직접 언급하는 몇 안 되는 글 중 하나다. 김시습이 궁궐을 방문한 실제 나이는 다섯 살이 아니라 아홉 살이었다는 연구 결과도 있지만, 어린 시절 천재 소리를 듣던 김시습과 세종의 만남은 실화임에 틀림없다. 세종은 어린 천재에게 장성하여 학업이 성취를 이루면 크게 쓸 것이라 격려했다고 한다.

김시습은 크게 쓰이지 못했다. 세조의 왕위 찬탈에 분격한 김시습은 평생을 떠돌며 살았다. 그렇다면 그 사건 전까지 김시습의 학업은 어느 정도의 성취를 이루었을까? 천재 김시습은 과거 시험에도 합격하지 못했다. 김시습 스스로는 아버지가 계모를 들인 후 모든 것이 어그러졌다고 썼지만 그의 성취가 세인들의 기대에 못 미쳤던 것은 분명했다. 어쩌면 그의 오만이 그를 실패하게 만들었을지도 모른다. 김시습이 평생 떠돌며 살게 된 주원인은 세조 때문이다. 그러나 나는 김시습이 스스로에게 느낀 실망감도 큰 몫을 했으리라 추측한다.

내가 즐겨 읽는 작가들 중엔 이제 나보다 어린 사람들도 적지 않다. 그들을 질투하다가도 이내 마음을 바꿔 먹는다. 글을 쓰는 한 아직 끝난 것은 아니라고 스스로를 격려한다. 나는 어려서 천재가 아니었으니 앞으로는 좋은 일이 넘쳐나리라는 헛된 기대를 한다. 어리석다고 욕해도 좋다. 이런 걸 보면 나는 의외로 낙관적인 인간인지도 모른다.

재주는 부지런함만 못하고,
부지런함은 깨달음만 못하다.

홍길주

나와는 차원이 달라도 너무 다르다, 이런 글은 죽어도 못 쓰겠다고 느끼게 만드는 작가들이 있다. W. G. 제발트, 가즈오 이시구로, 이창래 같은 이름이 제일 먼저 떠오른다. 그중에서도 이창래는 내게 큰 절망을 선사했다. 세 명 중 가장 젊은 데다 한국계 미국인이라는 특수한 요건마저 갖추었기 때문이다. 나는 번역된 그의 소설을 전부 읽었다. 가장 사랑하는 『네이티브 스피커』는 번역본은 물론 영어책까지 구해 읽었다. 여러 번 읽어도 감탄은 줄어들지 않았다. 이창래를 떠올릴 때마다 절망 섞인 짜증의 감정이 따라오는 건 아마도 그래서일 것이다.

책 내용을 전부 외웠는데도 그 책을 전혀 이해하지 못하는 사람이 있는가 하면, 오래전에 읽은 책의 정수를 잘도 말하는 이들이 있다. 왜 그럴까? 홍길주는 사람마다 성취가 다른 건 깨달음의 정도가 다르기 때문이라고 말했다.

홍길주를 미워할 뻔했다. 세상에 깨닫기 싫어서 못 깨닫는 사람이 있던가? 물론 홍길주의 의도는 안다. 그는 정신을 바짝 차리고 정밀하게 책을 읽어야 한다는 것을 강조하기 위한 방편으로 깨달음이라는 단어를 사용했다. 그러나 내겐 어쩐지 타고난 능력의 차이를 말하는 것으로 들린다. 오독한 김에 오독을 이어 가자면 나는 타고난 능력의 차이를 인정하는 것도 매우 중요한 덕목이라고 생각한다. 노력한다고 해서 모두가 훌륭한 결과물을 생산하는 것은 아닐 것이다. 똑같이 노력해도 덜 이루는 사람이 있고 더 이루는 사람이 있다. 자신의 한계를 바라보는 것은 가슴 아픈 일이지만 그렇다고 외면이 올바른 대처는 아니다. 자신의 능력을 인정하고 자신의 한계까지 가 보는 것, 어쩌면 이것이 깨달음이 느린 사람들이 할 수 있는 유일한 일일 수도 있겠다.

부끄러운 일이 있다면
부끄러워해야 한다.

___
이만부

부끄러운 일이 있을 때, 나는 늘 부끄러움을 외면하려 애썼다. 부끄러운 일을 전혀 하지 않은 것처럼 고개를 젓고 웃음을 지었다. 그러면 부끄러움이 사라지는 기분이 들었다. 그러나 부끄러움은 사라지지 않았다. 모두가 잠든 새벽 한 시와 두 시 사이에 불쑥 찾아와 나를 말없이 쳐다만 보곤 했다. 차라리 다그쳤다면 덜 부끄러웠을 것이다. 그래서 이만부의 글은 나를 부끄럽게 한다. "유치가치"有恥可恥, 부끄러운 일이 있다면 부끄러워해야 한다는 뜻의 네 글자가 나를 고개조차 들지 못하게 한다.

혹여 부끄러운 일을 하지 않았다는 사람도 있을 수 있겠다. 이만부는 그런 사람을 위한 글도 준비해 두었다. "무치역가치"無恥亦可恥, 부끄러운 일이 없다면 그 또한 부끄러워해야 한다.

이만부는 부끄러운 일이 있어도 부끄러워해야 하고, 부끄러운 일이 없어도 부끄러워해야 한다고 말한다. 전자가 옳으면 후자가 옳지 않아야 하고, 후자가 옳으면 전자가 옳지 않아야 하는 것이 우리가 아는 상식이다. 그런데 부끄러움에 관한 한 전자 후자 구분 없이 다 맞는 말 같다. 이유도 없이 왠지 그런 것 같다. 그래서 나는 또 부끄러워진다.

내 보잘것없는 식견과 하찮은 지식으로 어찌 감히 책을 저술하는 축에 끼어들 수 있겠는가. 다만 한두 가지씩이라도 기록하여 더 잊지 않도록 하려는 것이 나의 뜻이다.

───────
이수광

046

우리 고전에 관한 책들을 읽다 보니 『지봉유설』芝峰類說이 자꾸 눈에 들어왔다. 인터넷 서점에서 검색해 보았다. 1994년 을유문화사에서 출간된 두 권짜리 책과 2000년에 출간된 한 권짜리 『지봉유설 정선』이 있었다. 둘 다 오래전에 절판되었고 『지봉유설 정선』 중고본만 구입이 가능했지만 사만 원이 넘었다. 그냥 읽고 싶은 책을 정가의 몇 배나 더 주고 사는 일은 내키지 않았다. 을유문화사에 메일을 보내 재고가 있는지 물었다. 재고도 재출간 계획도 없다는 답이 돌아왔다.

몇 달 후 중고 서점에 들러 별다른 기대 없이 책장을 훑는데 『지봉유설 정선』이 눈에 들어왔다. 거의 새 책이나 다름없었다. 혹시나 하고 가격을 봤다. 6,800원이었다. 계산을 마치고 밖으로 나가는데 기분이 이상했다. 시중에서 구하기 어려웠던 책이 떡하니 중고 서점에 꽂혀 있는 것도, 책의 가격이 고작 6,800원이라는 것도 이상했다. 중고 서점과 책을 판매한 사람에 대한 분노의 감정이 솟구쳤다. 책을 구했으니 좋은 일이면 좋은 일이었지 화낼 일은 결코 아니었기에 서둘러 나를 달랬다. 얼마 후 올재 재단에서 『지봉유설』이 나왔다는 기사를 읽었다. 을유문화사 책을 재발간한 것이었다. 한정판이었으므로 재빨리 교보문고로 가서 책을 샀다. 한 권 당 2,900원이었다. 두 권짜리 『지봉유설』을 구입하는 데는 5,800원밖에 들지 않았다.

이수광은 기록과 사적이 점차 줄어드는 게 안타까워 지봉유설을 썼다고 했다. 김현성은 이 책이 후세에 전해질 것을 의심하지 않는다고 서문에 썼다. 전문가도 아니면서 고전을 좋아하다 보니 자연스레 번역본을 자주 찾게 된다. 대부분 구하기 어렵다. 절판되어 구할 수 없는 경우도 많고, 번역조차 안 된 책도 허다하다. 대부분의 원문을 인터넷에서 찾을 수 있으므로 전문가들에겐 중요한 문제가 아닐지도 모르겠다. 그러나 오에 겐자부로 식의 공부를 꿈꾸는 나로서는 답답할 때가 참으로 많다.

후손들이 어려움을 당하는 것보다는
차라리 우리가 이 어지러운 때를
만나 견디고 사는 게 낫지 않겠는가?

조위한

047

어려움과 고통을 피하는 건 인간의 본능이다. 신의 아들 예수조차도 고통의 잔을 거두어 달라고 부탁했고, 죽음에 임박해서는 어찌하여 나를 버리셨느냐고 울부짖었다.

견디기 어려운 고통을 생각할 때 가장 먼저 떠오르는 옛사람은 이학규다. 24년 동안 유배 생활을 했던 이학규는 절망을 표현한 글을 참 많이 남겼다. 그중 대표적인 것이 「고통을 잊는 여덟 가지 법칙」인데 그 방법이 처절하다. 추울 때는 가난한 집의 구걸하는 아이를 생각하고, 더울 때에는 두꺼운 옷을 입고 일하는 머슴을 생각하고, 병이 깊을 때는 이미 죽은 이들을 생각하는 식이다. 자신보다 더 큰 고통을 겪는 이들을 떠올리며 위로받는 것이다. 이학규를 욕할 수는 없으리라. 그러지 않고는 견딜 수 없었을 정도로 고통이 컸다는 이야기일 테니.

이학규가 솔직하게 자신의 감정을 드러냈다면 조위한은 대인배의 모습을 보인다. 모두가 왜란으로 괴로워하는 와중에 조위한은 오히려 다행이라 말한다. 조상이나 후손보다는 자신이 고통을 겪는 게 더 낫다고 말한다. 나는 조위한에게서 공부를 제대로 한 이의 언행을 본다.

당신에게 조금은 낯설 조위한이 궁금하다면 『최척전』을 권한다. 내가 보기에 『최척전』은 『여명의 눈동자』를 능가하는 전쟁 멜로드라마다. 조위한은 글 잘 쓰기로 유명한 허균과 권필의 둘도 없는 친구였다. 유유상종이라는 단어가 저절로 떠오른다. 나쁜 의미에서가 아니라 좋은 의미에서. 그나저나 최근에 만난 어떤 선생님에게서 『운영전』은 허균의 작품일 가능성이 있다는 말을 들었다. 『홍길동전』도 모자라 『운영전』까지 썼다니, 혼자서 너무 다 해 먹는 것 아닙니까?

처음 공부를 하는 이들이
글을 기억하고 암송하지 않으면
기댈 데가 없다.

홍대용

아이의 공부에는 웬만하면 관여하지 않는다. 누구를 가르칠 성격이 못 된다는 걸 잘 알고 있기 때문이다. 하지만 매일 집에만 있는 처지라 아이가 공부하는 광경을 목격하지 않을 도리가 없다. 잠깐 쉬러 나왔다가 보고 이를 닦다가 보고 택배를 찾으러 가다가도 본다. 그럴 때마다 도무지 이해가 안 가는 것이 하나 있다. 아이는 좀처럼 외우려 하지 않는다. 기본 공식, 단어, 연대만 외워도 공부가 훨씬 쉬울 텐데 그 쉬운 것을 하지 않아 어려움을 자초한다. 목격한 횟수가 임계에 도달하면 슬쩍 잔소리를 늘어놓는다. 외울 건 외워야 한다는 말로 시작해 내가 학교 다닐 때는 책 한 권을 통째로 외웠다는 말로 끝나는 꼰대 식 잔소리가 먹혀들 리 없다. 분위기는 순식간에 험악해지고 나는 조용히 내 방으로 돌아와 문을 닫는다.

방에서 홀로 반성을 한다. 아이의 공부에 끼어든 것을 반성하고, 꼰대 짓 한 것을 반성하고, 미안하다는 말도 없이 방으로 돌아온 것을 반성한다. 그렇기는 해도 외우는 것이 공부의 시작이라는 생각에는 변함이 없다. 공식과 단어와 연대를 외우면 그와 관련된 지식이 줄줄이 따라온다는 생각에는 변함이 없다. 하지만 그건 내 생각일 뿐이다. 나는 암기를 통해 효과를 보았지만 아이는 그런 적이 없다. 아무리 좋은 방법이라도 스스로 깨닫지 못하면 소용없다는 것 또한 잘 안다. 공부는 참 어렵다. 공부 방법을 아는 건 더 어렵다. 공부 방법을 남에게 설명하는 건 더 어렵다. 뭘 하면 좋을까 하다가 이덕무의 『사소절』士小節을 펼쳤다. 다음 구절이 눈에 들어온다. "아이가 잘 외우지 못하더라도 용서하는 것이 좋다."

사실 이덕무의 글에는 '둔한 아이'라는 전제가 있지만 '둔한'은 빼기로 했다. 나도 어쩔 수 없는, 내 아이만을 바보처럼 사랑하는 아버지이니까.

나는 어릴 때 하루도 글 읽기를
빼먹은 적이 없었다.

이덕무

소설 한 편을 끝내고 나면 한동안 아무것도 하지 않는다. 책도 읽지 않고 글도 쓰지 않고 멍하니 티브이만 본다. 써야 할 글들이 있기에 계속 그렇게 지낼 수는 없다. 그러나 마음 다잡기는 생각만큼 쉽지 않다. 다음 글을 위한 자료들을 뒤적이며 마음을 다스린다. 쉬운 책들을 읽으며 기운을 회복한다. 그러느라 일주일에서 열흘은 지나가는 줄도 모르게 내 곁에서 사라진다. 정신을 차린 후에 이미 사라져 버린 시간들을 되돌아보면 아쉽기만 하다. 조금 더 유용하게 쓸 수 있었던 시간들, 책 읽고 생각하고 글을 쓸 수 있었던 시간들을 그냥 버린 셈이었다.

내 과제는 버리는 시간 줄이기다. 글 한 편을 끝내고 다음 글을 쓸 때까지 그냥 흘려보내는 시간들을 줄이는 것이다. 그러기 위해 제일 먼저 해야 할 일은 이덕무와 같은 마음을 먹는 것. 이덕무에게 글 읽기는 숨 쉬며 사는 것이나 마찬가지였다. 시간을 내서 글을 읽는 게 아니라 숨 쉬며 살고 있으니까 글을 읽는 것이었다. 그런 이가 또 있었다. 세종이 그랬다. 세종은 밥을 먹으면서도 책을 읽었고, 잠자리에 누워서도 책을 읽었고, 심지어는 병에 걸린 와중에도 책을 읽었다. 어느 날 아들의 병을 걱정한 태종이 책을 다 치워 버렸다. 세종은 방을 뒤져 책 한 권을 찾아냈고 그 책을 읽고 또 읽었다.

나 같은 엉터리가 책벌레 이덕무와 성군 세종의 경지를 따라갈 수는 없는 일이다. 그럼에도 나는 매일 밥을 먹듯, 잠을 자듯 자연스럽게 책을 읽고 글 쓰는 삶을 꿈꾼다. 어리석고 게으른 내겐 불가능한 꿈이라는 것을 알면서도, 책을 읽고 글을 써도 그들처럼 될 수는 없다는 것을 알면서도. 마치 책을 읽고 글을 쓰면 그들을 닮는 것이 가능하기라도 한 양 꿈을 꾸고 또 꾼다.

깨달음에는 방향도 실체도 없다.

김택영

영화 『리미트리스』의 주인공은 글 한 줄 제대로 쓰지 못하는 퇴물 작가다. 그는 NZT라는 신약을 복용한 뒤부터 빠른 속도로 책을 써 나간다. 영화에 따르면 NZT는 뇌를 활성화시키는 약으로, 제 기능을 다하지 못하는 뇌를 자극해 불가능하게 여겨졌던 일을 하도록 돕는다. 바다라는 소재로 글을 쓴다고 하자. NZT를 먹으면 그동안 읽고 듣고 보았던, 심지어 가볍게 지나쳤던 바다에 관한 모든 지식이 떠오른다. 마구잡이로 떠오르는 게 아니라 그 누구도 생각하지 못했던 새로운 관점 아래에서 분류되고 통합된다. 관점은 새롭고 세부는 풍부하니 좋은 글이 되지 않을 방법이 없다. 할 일은 그저 머릿속 생각들을 글로 옮기는 것뿐.

영화가 끝난 뒤 약의 역할에 대해 생각했다. 약이 직접 글을 썼나? 아니다. 약은 머릿속에 잠재돼 있던 것을 활성화시켰을 뿐 글은 작가가 썼다. NZT는 깨달음을 돕는 약이라고 할 수 있겠다. 물론 깨달음은 영화에서처럼 극적인 모습으로 나타나지 않지만.

갑작스러운 깨달음. 공부하고 글 쓰는 모든 이들이 바라는 것이며, 깨달음을 얻기 위해 지금껏 수많은 학인과 작가가 온몸을 바쳐 노력해 왔다. 깨달음이 언제 올지는 알 수 없으며, 깨달음에는 정답도 없다. 깨달음은 꿈에 혹은 산책 중에 나타나기도 하고, 웃고 떠들 때, 책을 읽고 글을 쓸 때 나타나기도 한다. 공부하고 책을 읽어야만 나타나는 게 아니라는 사실이 중요하다. 성련이라는 사람은 파도를 보다가 거문고의 이치를 깨달았고 중국 송나라의 유학자 육구연(호 상산)은 집에서 허드렛일을 하다가 공부의 이치를 깨달았다. 그들을 본받는답시고 파도를 구경하고 청소를 할 수도 없다. 그들은 그들의 깨달음을 얻은 것이니까. 내 뇌가 어떤 자극을 받아야 깨달음을 선물할지는 모를 일이다. 김시습처럼 뒷간에 몸을 던지기라도 해야 할까? 손가락 끝을 보고 명상이라도 해야 할까? 어렵다. 쉬운 건 하나도 없다.

책에 눈을 붙이기만 하고
마음을 두지 않으면 읽어도
아무런 이익이 없다.

_____
홍대용

『책벌레들 조선을 만들다』를 뒤적이다가 「허생전」許生傳 말미에 박제가가 『성호사설』을 언급한 글이 실려 있다는 구절을 발견했다. 강명관 선생은 조헌의 『동환봉사』東還封事, 유형원의 『반계수록』磻溪隨錄과 더불어 『성호사설』을 언급한 박제가의 글을 책에 직접 인용까지 했다. 내 눈으로 직접 확인하고 싶었다. 책장에서 『열하일기』熱河日記를 꺼내 「옥갑야화」玉匣夜話를 찾았다. 박지원이 나중에 덧붙인 두 번째 글 말미에 박제가의 논평이 짧은 꼬리처럼 붙어 있었다. 박제가는 「허생전」의 탁월함을 설명하기 위해 『성호사설』의 권위를 빌렸다. 그 책에서 미처 말하지 못한 내용이 「허생전」에 들어 있다는 것이었다.

기분이 좋지 않았다. 조헌의 『동환봉사』는 본 적도 없었다. 유형원의 『반계수록』은 해설서만 읽었다. 이익의 『성호사설』은 몇몇 부분만 들춰 봤다. 『열하일기』는 달랐다. 『열하일기』에 대한 책을 쓰기 위해 나는 꽤 많은 시간을 투자한 바 있었다. 「허생전」은 박지원의 글을 소개하는 다른 책들에도 실려 있으므로 더 많이 접했다. 그런데도 박제가의 글이 생소하기만 했으니 한심해도 너무 한심했다. 홍대용은 아마도 나 같은 사람들을 만나 본 후에 쯧쯧 혀를 차며 인용한 문장을 썼으리라.

이러한 사례는 빙산의 일각에 지나지 않는다. 여러 번 읽었으면서도 처음 읽는 것처럼 생소한 글이 박제가의 논평만은 아니다. 얼마 전엔 『석농화원』石農畵苑을 읽다가 책에 수록된 그림들이 『열하일기』의 「열상화보」洌上畵譜와 비슷하다는 부분을 읽고 『열하일기』를 다시 뒤적거리기도 했다. 『석농화원』의 발문엔 그런 나를 비웃는 듯한 유한준의 유명한 글이 실려 있다. 알면 사랑하게 되고, 사랑하면 보게 되고, 볼 줄 알면 모으게 된다는 문장. 책만 쌓아 놓았지 알지도 사랑하지도 못하니 한심 또 한심할 뿐이다. 당신이 나를 비웃고 혀를 차도 할 말이 없다.

초시를 앞두고는
『농정쾌사』濃情快史를 읽었는데,
회시가 코앞에 닥치자
『용만야사』龍灣野史를 펼친다.

───
유만주

052

소설 읽기를 쓸데없는 짓으로 여기는 건 오늘날만의 일이 아니다. 책벌레 이덕무도 유독 소설에는 치를 떨었다. 소설은 사람의 마음을 부수는 요물이니 아이들에게 읽지 못하도록 해야 한다고 말한 이도, 남에게 소설을 권하는 사람은 무식쟁이라고 극언을 퍼부은 이도 이덕무였다. 심지어 그는 박제가가 아플 때 『서상기』西廂記 같은 나쁜 소설을 읽어서 병에 걸렸으니 회복되고 싶으면 자신을 초대해 『논어』 읽는 소리를 들어야 한다고 주장했다.

유만주는 소설 중독자였다. 과거 시험 전날에도 소설을 손에서 놓지 못했다. 하지만 소심한 탓에 죄책감을 완전히 떨쳐 버리지는 못했던 듯하다. 죄책감은 자신에 대한 혐오감으로 변한다. 유만주는 온 나라에 자신과 같은 인간은 둘도 없을 것이라고 스스로를 비웃는다. 그날 밤 꾸었다는 꿈이 재미있다. 불붙은 모자를 쓰고 있었는데 머리가 하얗게 센 노인이 와서 모자를 바꾸라고 간곡히 말하는 꿈이었다. 그가 읽었던 건 환상소설이었을까? 소설 같은 꿈이 아닐 수 없다.

나는 책 읽는 사람들이, 공부하는 사람들이, 당신이 소설을 지금보다 훨씬 더 많이 읽어야 한다고 생각한다. 인문학도 필요하지만 소설은 더 필요하다고 생각한다. 그래야만 하는 이유를 구구절절 설명할 능력은 없지만 소설 읽기도 공부라고 말하고 싶다.

유만주가 쓴 다른 날 일기에는 이런 내용도 있다. "사람에게는 소설에 나오는 드물고 이상한 일이 평생 일어나지 않을 수도 있다. 그런 일은 역시 바라는 자에게는 결코 오지 않는 법인가 보다." 못 말리는 소설 중독자 유만주를 만나 소설에 대해 한바탕 긴 이야기를 나누고 싶다.

그나저나 이현우 선생은 『로쟈의 러시아 문학 강의 20세기』에서 『예브게니 오네긴』의 마지막 대목을 이렇게 고쳐 읽었다고 밝힌다. "인생의 소설을 다 읽기도 전에 흔쾌히 작별을 고할 수 있었던 사람은 진정 행복하여라."

배움이 지극하지 못한 것은
저의 잘못이나 천성이 다른 것은
저의 잘못이 아닙니다.

박제가

정조가 속된 문체를 뜯어고치려 했다는 문체반정은 널리 알려진 사건이다. 신하들을 학생처럼 다루었던 정조는 속된 문체를 구사하던 이들에게 반성문을 요구했다. 이덕무와 박제가도 반성문 제출을 요구받았다. 그들은 둘도 없는 친구였지만 성향은 정반대였다. 이덕무가 온화하고 순종적이었다면 박제가는 날카롭고 전투적이었다. 이덕무는 혹시라도 박제가가 반성문을 제출하지 않을까 염려가 되어 편지를 보냈다. 이덕무는 정조의 정책을 높게 평가한 다음 순수하고 고아한 반성의 시문을 적어 보내라고 당부한다. 이덕무의 당부 때문이었을까? 박제가는 순순하게 반성문을 쓴다. 그러나 이름만 반성문이었지 실제로는 반성문이 아니었다. 박제가는 반성문에서 느닷없이 소금과 매실과 겨자를 언급한다. 소금더러 짠맛을 낸다고 비난하고 매실더러 신맛을 낸다고 비난하고 겨자더러 매운맛을 낸다고 비난하는 것은 옳지 않다고 말한다(물론 정확히 이렇게 말한 건 아니지만 요약하자면 그렇다는 것이다). 무슨 말인가? 소금이 짜고 매실이 시고 겨자가 매운 건 본성이라는 뜻이다. 문장 또한 그와 같다는 의미다. 원래 그러한 문장을 고치라고 말하는 건 소금에게 매운맛을 내라고 요구하는 거나 마찬가지라는 뜻이다.

서얼인 이덕무와 박제가는 자신들을 등용한 정조에게 늘 감사의 마음을 갖고 살았다. 감사하는 방법에 대한 해석은 서로 달랐다. 이덕무는 정조의 정책을 그대로 따르는 것을, 박제가는 할 말을 하는 것을 올바른 보답으로 여겼다. 이덕무의 글을 좋아하지만 둘 중 하나를 고르라면 물론 박제가다.

일기 쓰는 실업자 유만주는 어떻게 생각했을까?

"남은 남답고 나는 나다운 경지가 대단히 좋은 것이다."

청년들이 『소학』小學의 도리를
말했고, 법도에 맞는 행동을 하려고
애를 썼으며, 농담도 전혀
하지 않았다.

『조선왕조실록』

054

조광조에 대한 짧은 소설을 쓴 적이 있다. 사약을 받은 조광조가 자신의 과거를 돌아보는 이야기. 조광조가 마지막으로 떠올리는 이는 임금이나 가족, 동지들이 아니었다. 글 읽는 그의 모습을 보고 사랑에 빠졌던 여인이었다. 나는 그 부분을 이렇게 썼다. "병이 깊어진 여인은 아버지에게 속마음을 털어놓았고, 사태가 심각함을 깨달은 아버지는 조광조의 아버지를 찾아 고개를 조아렸다. 아버지는 여인을 거두라고 말했지만 그는 그 명령의 부당성을 오히려 따지고 들었다. 사사로이 남자를 엿보았으니 그 마음은 사랑이 아니라 음심이라는 것이었다. 단호한 그의 태도에 아버지는 뒤로 물러났고, 여인은 결국 세상을 버렸다."

실제 조광조가 죽음의 순간에 그 여인을 떠올렸는지 안 떠올렸는지는 알 수 없다. 후자일 가능성이 구십구 퍼센트이긴 하지만 말이다. 그렇다면 사실일 가능성이 전혀 없는 이야기를 왜 썼을까? 나는 조광조의 고결할 정도의 엄격성을 존중하지만 그 엄격성이 그의 삶과 그가 살던 세상을 망쳤다고 믿는다. 공부하는 청년들이 『소학』의 도리를 로봇처럼 똑같이 말하는 세상은 잘못되어도 한참 잘못되었다. 게다가 농담도 전혀 하지 않았다니, 청년이기를 거부하는 것이나 마찬가지다. 책을 정밀하게 읽고 공부도 꼼꼼하게 하되, 날로 사람을 더 사랑하고 이해하려 하는 것이 공부하는 자가 이르러야 할 경지라고 생각한다. 책 잘 읽고 공부 꼼꼼하게 하는 이는 의외로 많다. 그러나 사람을 진실로 이해하고 사랑하는 이는 찾기 어렵다. 그럴 바에는 다 집어치우고 자원봉사라도 하는 게 세상을 위해서는 더 나을지도 모르겠다는 꼭 나다운 어리석은 생각마저 든다.

입을 지키는 데에는 삼가
침묵하는 방법만 한 것이 없다.

허목

입이 있으면 울고,
입이 있으면 말을 하는 것이
천하의 바른 도리이다.

안정복

055

살면서 가장 어렵게 느끼는 일은 침묵해야 할 때 침묵하고, 말해야 할 때 말하는 것이다. 침묵해야 할 때와 말해야 할 때를 적절히 판단해서 행동으로 옮기는 일은 하늘의 별 따기다. 대부분의 시간을 혼자 지내느라 눈치코치가 두더지 수준으로 퇴화한 나 같은 이에게는 특히 더 그렇다. 눈치 없이 내뱉은 말과 코치 없이 다문 입 때문에 나를 아는 얼마 되지 않는 사람들에게 눈총을 받은 일이 최근에만도 여러 번이다. 그때마다 화도 풀 겸 답도 얻을 겸 책을 뒤적였고 그러다 얻은 것이 인용한 문장이다.

허목과 안정복의 문장이 주장하는 바는 정반대다. 허목은 침묵에, 안정복은 말하는 것에 방점을 찍었다. 허목이 일흔일곱에, 안정복이 스물여섯에 쓴 문장임을 알면 고개가 끄덕여진다. 그러나 서로 다른 문장을 만들어 내는 데 기여한 것은 나이만이 아니다. 보다 중요한 건 그들의 지향점이다. 일흔일곱의 허목은 여전히 정계에서 이름을 날리는 실력자였다. 그를 정계에서 버티게 만든 건 바로 침묵의 원칙이었다. 이 원칙이 여든이 넘은 나이에 우의정을 지내고 은퇴를 선언했을 때 임금에게서 집까지 하사받을 수 있었던 비결이다. 스물여섯의 안정복은 과거 준비생이었다. 시험을 치르러 서울로 올라온 안정복은 시장에서 '벙어리'라 불리는 저금통을 보았다. 왜 하필 저금통에 벙어리라는 이름이 붙었는지 묻자 여관 주인이 답한다. 말해야 할 때 말하지 않고, 말해야 마땅한 데도 입 다물고 사는 것을 처세의 요령으로 여기는 사람들을 빗댄 표현이라고. 안정복은 자신이 배운 원칙과는 전혀 다른, 처세의 원칙만이 남은 세상에 격분했다. 그래서 어떻게 했나? 벙어리저금통을 깨뜨린 후 고향으로 내려가 평생 공부하고 책 쓰는 일에 몰두했다. 꽤 많은 책을 썼으니 그는 결코 입을 다물지 않은 것이다.

허목과 안정복 중 누구를 따라야 할지 모르겠다. 정해 놓은 바는 있다. 당신의 생각은 어떠한지?

경치가 아름다운 곳을 지날 때면
그곳에 사는 사람들은 그림 속의
인물 같을 것이라고 부러워한다.
막상 찾아가 물어보면
스스로 즐겁게 생각하는 사람들은
하나도 없다.

조귀명

056

전에 만난 어떤 분이 내 핏기 없는 얼굴을 보곤 진지하게 충고를 해 주었다. 프리랜서라 시간이 많을 테니 주중에 제주도라도 다녀오라는 것이었다. 평일에 가면 가격도 싸니 부담이 거의 없을 거라며. 그 말에 나는 웃음으로 대꾸했을 뿐이다. 프리랜서의 삶은 이름과 달리 전혀 자유롭지 않다. 직장에 다니는 이들은 직장에서 일하고 집에서 쉰다. 주중에 일하고 주말에 쉰다. 일을 적게 해도 어느 정도의 수입이 보장된다(대개는 그렇다는 이야기다). 작업실이 따로 없는 프리랜서에게 집은 생활하는 곳이자 일하는 곳이다. 일을 하지 않으면 수입이 없고 혹은 일을 해도 수입이 없을 수 있다. 주중과 주말, 평일과 휴일의 분류는 의미를 잃은 지 오래다. 모든 프리랜서가 그렇지는 않을 것이다. 자유롭게 살면서 돈도 잘 버는 프리랜서도 분명 있을 것이다. 나와는 무관한 이야기다.

조귀명의 글에는 동의할 수 없는 부분도 있다. 스스로 즐겁게 생각하는 사람들은 하나도 없다는 구절이다. 나는 그렇지 않다. 고작 하는 일이라고는 매일 글을 쓰고 책을 읽는 것밖에 없지만 일 자체가 괴롭다고 느낀 적은 없다. 부족한 글 솜씨와 모자란 수입을 생각하면 침울해지기도 하지만 그저 잠깐일 뿐이고 대개는 그렇지 않다. 다 쓴 글을 읽으며 흐뭇해하고, 앞으로 쓸 글을 생각하며 조급해한다. 아마도 아직 철이 덜 들었기 때문일 터. 공부와 인생에 대해 몰라도 너무 모르기 때문일 터.

재상의 아들은 과거를 볼 수
없도록 한 것이 송나라의 제도였다.

———
이익

057

『블루 블러드』는 아버지는 경찰청장, 두 아들은 각각 형사와 경찰, 딸은 검사인 집안의 이야기를 다루는 드라마다. 이 드라마에서 인상적인 것은 경찰청장의 공정한 태도다. 그는 자식들이 하는 일에 일절 관여하지 않는다. 문제가 생기더라도 뒤를 봐주지 않으며 심지어는 엄격한 처벌을 요구한다. 경찰청장의 심기를 자극하기 위해 정적들이 일부러 자식들을 건드리는 경우도 있다. 그럴 때도 그의 입장은 한결같다. 경찰청장의 자식들이라면 당연히 감수해야 하는 불이익이라는 것이다. 이런 인물이 현실 세계에 있을까? 비현실적이라도 이런 캐릭터는 언제나 환영이다.

나는 연예인들의 다 자란 자녀나 부모나 남편, 부인, 형제자매 등 가족이 출연하는 프로그램에 비판적이다. 그 프로그램들이 지켜야 할 원칙을 어겼다고 여긴다. 재미와 교훈을 말하는 이들도 있지만 원칙을 어기면서까지 얻는 재미와 교훈은 무가치하다고 여긴다. 물론 가족을 출연시키는 연예인들만 비난하는 것은 아니다. 일가끼리 다 해 먹는 재벌은 물론, 알게 모르게 자식들에게 손을 쓰는 정치인도 비난한다. 가족들에게 아주 작은 도움의 손길만 주는 것이라고, 가족의 능력이 워낙 뛰어나기 때문에 발탁된 것일 뿐 따로 손을 쓴 것은 아니라고, 아버지의 이름 때문에 차별을 받는다면 그 또한 문제 아니냐고 말할 수도 있겠다. 그럴 때는 이익의 글을 읽어 볼 일이다. 송나라에서 재상의 아들이 과거 시험 보는 것을 금지한 이유부터 알아볼 일이다.

이익이 이 글을 쓴 이유는 따로 있었다. 늘 그렇듯 원칙은 무시되었다. 송나라의 금지 규정은 슬며시 사라졌고, 조선의 과거 시험은 명망가 자제들의 등용문으로 전락했다. 일가에 관리 한 명만 있으면 수십 명이 편히 먹고살았다. 흔히들 역사에서 교훈을 얻는다고 말하지만 그렇지 않은 것 같다. 역사는 반복될 뿐이다. 실패 또한 반복된다. 이래서야 역사를 공부할 이유가 없지 않나.

남곤은 사화를 일으켜 올바른 군자들을 죽게 만들었다. 남곤은 죽기 직전에 자신의 원고를 다 불사르며 말했다. 내 글을 전한들 누가 보려 하겠는가?

———
박지원

역관 시인 이언진은 병으로 죽기 전에 자신이 평생 쓴 시를 불태웠다. 용맹한 부인이 불 속에 손을 넣어 원고의 일부를 꺼낸 덕분에 그의 시도는 무산되었지만. 『송목관신여고』松穆館燼餘稿는 이언진 사후에 발간된 문집이다. 송목관松穆館은 이언진의 호, 신여고燼餘稿는 타다 남은 원고라는 뜻이다.

평생 일기를 쓴 유만주는 죽기 직전, 아버지 유한준에게 자신의 원고를 불태워 달라고 부탁했다. 유한준은 아들의 유언을 한 귀로 듣고 한 귀로 흘렸다. 아들의 부탁을 외면한 유한준의 공로로 우리는 조선 시대를 통틀어 가장 내밀한 일기를 읽을 수 있다.

천민 시인 이단전은 중국 명나라 시인 원굉도의 시를 읽고 그동안 자신이 쓴 시를 불태웠다. 진실한 감정 없이 남의 흉내나 낸 것들은 죽은 시구라는 명언도 남겼다.

박지원의 『열하일기』도 재로 변할 위기를 겪었다. 술에 취해 촛불을 들고 『열하일기』를 태우려 했던 박남수의 시도는 남공철의 제지로 성공을 거두지 못했다.

남곤은 조광조를 죽게 만든 기묘사화의 주역으로 선비들의 지탄을 받았다. 그는 자신의 행동과 글을 부끄럽게 여겼던 것 같다. 그랬기에 죽기 직전에 자신이 쓴 글을 불태웠으리라. 박지원은 "군자의 경우 후세 사람들이 그 자취를 흠모해 남은 글이 적음을 한스럽게 여기는 반면, 소인의 경우엔 스스로 글을 없애기에 바쁘니 후세 사람들의 태도야 더 말할 것도 없다"라고 썼다. 글을 불태워도 오명은 사라지지 않는다는 뜻이다.

당신이 글을 써 본 적이 있다면 알 것이다. 잘 쓴 글이건 못 쓴 글이건 글을 없애는 데에는 큰 용기가 필요하다. 단 한 줄, 단 한 단어도 없애려고 하면 아쉽다. 스스로 자신의 행적을 지워 버린 남곤을 어떤 면에서는 대단하게 여기는 이유다.

미하일 불가코프의 『거장과 마르가리타』엔 이런 문장이 등장한다. "원고는 불타지 않는다." 무슨 뜻일까?

내 나이 일흔인데 어찌 너를
무서워하겠느냐. 너는 역적 고발을
잘한다고 소문이 났으니 이번에는
나를 고발해라.

김성기

상의원에서 활을 만들었던 김성기는 거문고에 더 관심이 많았다. 활 만드는 일은 뒤로하고 거문고 연주를 익히는 일에만 온 힘을 다했다. 전심전력한 덕분에 그는 거문고에 정통하게 되었다. 김성기는 퉁소와 비파 연주는 물론 곡도 잘 만들었다. 잔치를 여는 이들은 반드시 그를 초청했다. 어느 날, 실세 중의 실세 목호룡의 하인이 김성기를 찾아왔다. 잔치를 열 예정이니 자리를 빛내 주었으면 좋겠다고 정중하게 요청했다. 김성기는 딱 잘라 거절했다. 고개 숙이고 돌아갔던 하인이 다시 찾아왔다. 정중함은 버리고 거절하면 재미없을 줄 알라는 목호룡의 엄포를 자기 것인 양 늘어놓았다. 김성기는 연주하던 비파를 바닥에 내던지고 내 나이 일흔으로 시작하는 말을 내뱉었다. 하인에게서 김성기의 반응을 전해 들은 목호룡은 고개 한 번 끄덕이곤 조용히 잔치를 끝냈다.

김성기의 일화를 이해하기 위해서는 목호룡이 누구인지를 알아야 한다. 목호룡은 노론이 경종 살해 음모를 꾸몄다고 고발함으로써 권세를 얻었다. 목호룡의 고발로 김창집, 이이명 등 노론의 주요 대신과 수많은 선비들이 목숨을 잃었다. 김성기가 노론을 지지했을 것 같지는 않지만 그가 보기에 목호룡은 자신의 이익을 위해 죄 없는 이들을 죽게 만든 사악한 인간이었다. 그랬기에 자신 또한 고발하라는 말로 목호룡의 기를 죽였던 것이다.

나쓰메 소세키가 『우미인초』를 쓰고 있을 때의 일이다. 총리대신이 그에게 자신이 여는 연회에 참석해 달라는 초대장을 보냈다. 나쓰메 소세키는 곧장 답장을 보냈다. 내용은 이러했다. 소쩍새 우는데 똥 누느라 나갈 수가 없네.

거절의 뜻을 이보다 더 확실하게 밝힐 방법은 없으리라. 나는 두 사람을 통해 공부한 이들의 참모습을 본다. 둘 다 문화예술인이라는 것도 재미있다. 문화계 블랙리스트가 괜히 나온 것이 아니다. 문화예술인들은 원래부터 좀 이상한 인간들이니까. 제 공부에 눈이 멀어 권세 따위는 아무래도 좋다고 여기는 별종들이니까.

장횡거는 『정몽』正蒙을 지을 때
곳곳에 붓과 벼루를 마련해 두었다.
한밤중이라도 깨달음이 오면
그 즉시 일어나 등불을 켜고
기록을 했다.

___

이익

중국 송나라 사상가 장재(호 횡거)에 비교할 바는 아니지만 나도 곳곳에 공책과 포스트잇을 놓고 깨달음의 순간에 대비한다. 책을 읽다가 중요한 정보를 만나거나 표현이 특이한 부분, 참고할 만한 부분을 발견하면 포스트잇을 붙이고(때론 귀퉁이를 접는다) 공책에 기록한다. 산책 중에는 핸드폰 메모장에 쓴다. 깨달음은 질서 없이 몰려오므로 어떤 날은 몇 걸음 걷다가 멈추기를 반복한다. 이것이 묘계질서妙契疾書의 원칙, 깨달음을 얻으면 재빨리 글을 써서 생각을 잡는다는 뜻이다.

묘계질서보다 중요한 건 뒤처리다. 뒤처리란 묘계질서를 통해 얻은 기록들을 다시 쓰는 일이다. 책을 읽거나 산책을 하다가 쓴 기록들은 문장도 완벽하지 않고 핵심 단어만 줄줄이 나열한 경우가 많다. 번뜩 찾아온 깨달음을 적은 것이기에 논리적이기보다는 감정적인 경우가 많다. 그런 까닭에 기록할 때는 굉장한 무언가로 여겨졌으나 시일이 경과한 후에 다시 보면 무슨 말인지 이해하기 힘들었던 적도 있다. 번뜩했던 무언가가 사라지기 전에 다시 살펴서 단어들을 문장으로 만들고 엉성한 문장의 빈 곳을 채우고 감정의 언어를 논리의 언어로 변환해야 비로소 온전한 기록이 된다.

홍길주는 '가슴속에서 느닷없이 나타난 기이한 문장들, 사물을 보면서 얻은 기발한 비유나 아름다운 언어들'을 쪽지에 적어 상자에 담아 두었다. 나중에 글을 쓸 때 써먹기 위해서였다. 그러나 실제로 글에 인용한 것은 열에 한둘도 안 된다고 고백했다. 묘계질서란 그런 것이다. 한여름 소나기처럼 갑자기 찾아왔다 사라지는 것. 허무하다고 해야 할까? 그렇지는 않다. 소나기가 그쳐도 흔적은 남게 마련이다. 꽃과 풀은 활기를 얻고 공기는 미묘하게 변한다. 홍길주는 열에 한둘도 안 된다고 말했지만 사실 그 한둘이 소중하다. 그 한둘만 잘 매만져도 글과 공부에는 큰 도움이 된다. 문제는 묘계질서를 무위로 만드는 고질적인 게으름. 이 대책 없는 게으름을 도대체 어떻게 하면 좋을까?

『논어』論語는 한 구절 한 구절
침착하게 읽어 나가야 하고,
『맹자』孟子는 전체의 맥락을
생각하며 차분하게 읽어야 한다.

———
양응수

『논어』와『맹자』를 끝까지 읽기는 어렵다.『논어』는 일종의 잠언집이다. 짧은 문장과 단락이 한 권의 책을 이루고 있다. 제자의 질문에 공자가 답한 것을 기록한 책이다 보니 연속성이 떨어진다. 읽는 이의 입장에서는 끝까지 읽을 동력 찾기가 어려운 책이다.『맹자』는 한 단락이『논어』보다 훨씬 길고 서사적 흥미도 느낄 수 있다. 그러나 맹자가 살았던 시대의 복잡한 상황을 알아야 제대로 된 이해가 가능하며, 그걸 넘어섰다 해도 장광설에 가까운 맹자의 집요한 언어를 견뎌야 하는 또 다른 장벽이 있다.

책의 성격이 다른 만큼 읽는 방법도 다르다. 나는『논어』는 놀이하듯 즐겁게,『맹자』는 공부하듯 진지하게 읽었다.

책의 성격이 다른 만큼 내가 갖고 있는『논어』와『맹자』의 권수도 다르다.『논어』는 주희부터 신정근 선생에 이르기까지 다양한 필자가 쓴 책을 갖고 있지만『맹자』는 정통 해설서와 문고판, 김용옥 선생의 책만 갖고 있을 뿐이다.『논어』는 책마다 해석이 꽤 달라서 비교하며 읽는 재미가 있는 반면,『맹자』는 그런 재미가 덜하기 때문에 일어난 결과일 것이다.

여러 가지 버전의『논어』중 가장 참신했던 건 역사학자 미야자키 이치사다의 책이었다. 그는 과감하게 의역을 시도했는데 그렇게 해서 나온 문장들이 무척 흥미로웠다. 예컨대 미야자키 이치사다는 '군자는 특정한 그릇이 되면 안 된다'라는 의미의 군자불기君子不器를 "너희는 기계가 되지 않기를 바란다"로 옮겼다. 이 문장을 처음 보았을 때 큰 충격을 받았다. 그릇을 기계로 바꿨을 뿐인데『논어』의 느낌이 달라졌다. 고리타분한 옛 경전이 아니라 현대 사회에 대한 통찰을 담은 책이 되었다. 여기서 아이디어를 얻어 SF소설을 썼다. 하인 노릇을 하는 로봇이『논어』의 이 구절을 읽으며 자신의 존재 이유를 되돌아보는 내용이었다. 오래전에 썼던 소설이라 복사본조차 남아 있지 않다. 읽고 싶어도 읽을 수 없다. 읽어 봐야 실망만 하겠지만 그래도 좀 아쉽다.

슬픔이 닥치면 너무 막막하여
땅이라도 뚫고 들어가고 싶다.
살아야겠다는 생각이 아예
사라진다. 다행히 내게 두 눈이 있어
글자를 안다. 책 한 권을 들고 읽기
시작하면 모든 게 바뀐다. 무너졌던
마음이 곧바로 안정을 찾는다.

이덕무

062

『논어』를 환장하게 좋아한 사람 하면 이덕무가 가장 먼저 떠오른다. 바람이 매섭게 부는 추운 겨울날『한서』漢書를 이불처럼 덮어 추위를 막고『논어』를 병풍처럼 세워 바람을 막았다는 유명한 일화 덕분일 것이다. 이덕무에게『논어』는 병풍 그 이상이었다. 역시 바람이 매섭게 불던 추운 겨울날, 한밤중까지 깨어 있던 이덕무는 문득 분노를 느낀다. 이웃집에서 들리는 즐거운 웃음소리 때문일 수도 있고, 이미 잠들어 있던 동생의 코 고는 소리 때문일 수도 있고, 자신을 알아주지 않는 세상에 대한 불만 때문일 수도 있고, 무기력한 자신에 대한 한탄 때문일 수도 있겠다. 이유는 분명치 않았으나 이덕무의 마음은 흔들리고 또 흔들렸다. 갑자기 모든 게 다 싫어졌고 밖으로 뛰쳐나가 소리를 지르고 싶어졌다. 이덕무는 어떻게 했을까? 처음에는 껄껄대는 목소리로, 나중에는 부드러운 목소리로『논어』를 읽었다.『논어』는 평안을 선물했다. 후에 그는 공자가 아니었다면 미쳐 날뛸 뻔했다고 썼다.

이덕무는『논어』로 얻은 평안을 다른 이에게도 전했다. 하루는 일가친척 한 명이 찾아와 이야기를 나누는데, 아직 나이 어린 이 청년이 말을 하다 말고 갑자기 눈물을 흘렸다. 이덕무도 함께 눈물을 흘리다가『논어』의 한 대목을 소리 내어 외웠다. 효과가 있었다. 둘은 손을 마주 잡고 빙긋 웃었다. 둘의 눈물을 닦아 준 대목을 살펴보자. 공자가 제자들에게 너희를 알아주는 이를 만나면 무엇을 하겠느냐고 묻자 증점은 이렇게 대답한다. 늦은 봄에 봄옷을 갖춰 입은 후 어른 대여섯 명, 아이들 예닐곱 명과 함께 기수에서 목욕하고, 무우에서 바람을 쐬고, 노래 부르며 돌아오렵니다.

이 대답에 대한 해석은 생략한다. 나의 관심은『논어』를 통해 슬픔을 극복한 이덕무에게 있을 뿐이다. 공부하고 책 읽고 글 쓰는 일만큼 실용적인 건 세상에 없다고 나는 감히 생각한다.

박지원은 유희 하나를
평생의 공부로 삼았다.

___
유만주

어느 날 박지원이 박제가에게 편지 한 통을 보냈다. 그중 가장 핵심적인 구절을 소개한다.

"많이 보내 주면 줄수록 좋겠네. 술 단지도 함께 보내니 가득 채워 주는 건 어떻겠나?"

박지원이 많을수록 좋다고 한 건 돈이었다. 돈을 빌리는 자로서의 부끄러움 같은 건 찾아볼 수도 없다. 돈만 빌려 달라는 것도 아니었다. 술 단지도 채워 달라고 하니 도둑놈도 이런 도둑놈이 없다. 물론 이 편지를 액면 그대로 읽어서는 곤란하다. 가난을 유희로 삼은 편지로 읽는 편이 더 적절할 터.

유만주는 유희 정신을 박지원이 추구하는 핵심 가치로 꼽았다. 이는 박지원의 아들 박종채가 남긴 『과정록』過庭錄의 근엄한 설명과 배치된다. 박지원은 아들에게 "사람을 대할 때마다 우언寓言과 우스갯소리로 둘러대고 임기응변을 내뱉었으나 마음은 우울하기만 하고 즐겁지가 않았다"고 털어 놓았다. 유희 정신은 우울한 심경을 둘러대기 위한 수단이었다는 뜻이다. 그렇다면 유만주는 왜 박지원과 유희 정신을 연결 지었을까? 그가 보기에 박지원은 스스로 파락호破落戶가 된 사람, 덧없는 삶이 몽환에 불과하다는 사실을 일찍이 깨달은 사람이었기 때문이다. 어쩐 일인지 나는 박지원 본인의 것보다 유만주의 설명이 더 마음에 든다. 삶의 덧없음을 깨달아 유희 정신에 몸과 마음을 맡긴 파락호가 내가 생각하는 박지원의 이미지와 더 어울린다.

공부란 때론 가볍고 때론 즐거운 놀이다. 그러나 우리의 공부는 무거운 수레 같기만 하다. 글쓰기 또한 마찬가지이고. 진지함의 굴레를 벗으면 공부도 글도 더 좋아질 텐데 그러기가 참 어렵다. 마지막으로 박제가의 답장을 소개한다. 박제가 또한 유희 정신에 있어서는 둘째가라면 서러워할 인물이다.

"두 냥을 편지 전하는 하인 편에 보냅니다. 술? 없습니다."

전겸익의 문장을 읽으면 곧장
마음을 빼앗겨 길을 잃게 된다.
돌아올 방법을 모르게 된다.

———
유만주

064

『몰락하는 자』라는 소설을 통해 토마스 베른하르트를 처음 접했다. 사실 작가에 대해서는 잘 몰랐다. 피아니스트 글렌 굴드가 소설 속 한 인물로 나온다기에 구입한 것이었다. 책이 도착하자마자 펼쳐 보았다. 해설을 제외하면 160쪽밖에 안 되었다. 대충 뒤적거려 보니 특이한 점이 눈에 들어왔다. 첫 문장부터 마지막 문장까지가 하나의 단락이었다. 행을 바꿔 쓴 곳이 전혀 없었다. 고달픈 읽기가 될 것 같았다. 빡빡한 작가 같으니라고. 혀를 끌끌 차곤 책을 읽었다.

처음부터 끝까지 단숨에 읽었다. 고달프기는커녕 빠져들었다. 마지막 쪽을 읽고는 벌써 다 끝났다는 사실에 가볍게 절망했다. 내친김에 다른 소설도 읽기로 했다. 『소멸』은 두께도 만족스러웠고 작가가 쓴 마지막 소설이라는 점에서 의미가 있어 보였다. 며칠 후 『소멸』이 도착했다. 500쪽 가까이 되는 소설은 일 부와 이 부로 나뉘어 있었다. 단락 구분은 일 부와 이 부 사이 단 한 번뿐이었다. 책을 읽었다. 하루 종일 읽었다. 다 읽은 후 멍해졌다. 이미 책을 덮었건만 토마스 베른하르트의 자폐적 독설(당신도 읽고 나면 내 말을 이해할 것이다)에서 좀처럼 빠져나올 수 없었다. 유만주 식으로 말하자면 '마음을 빼앗겨 길을 잃고 말았다.'

책에 빠져 헤맨 자가 나만은 아닐 것이다. 오르한 파묵의 『새로운 인생』은 "어느 날 한 권의 책을 읽었다"라는 문장으로 시작한다. 책에 홀리고 사로잡힌 사람은 어떻게 되었는가? 그의 인생은 송두리째 바뀌어 버렸다.

사람은 왜 책을 읽고 왜 공부를 하는 것일까? 길을 잃고, 돌아올 방법을 잊어버리기 위해서라고 답할 수도 있겠다. 위험하다고? 물론 위험하다. 세상에 위험하지 않은 독서는, 공부는 없다.

나는 참된 정을 그려 내는 데
힘을 쏟으니 내가 쓴 것 중
가슴 사이의 일이 아닌 것은 없지.
문장이란 뼛속 깊이 스며들어야
좋은 문장이라는 것이지.

이덕무

작가란 기본적으로 거짓말을 하는 사람이다. 아무 거짓말이나 마구 해 대는 사람은 아니다. 거짓말은 거짓말이되 거짓말 같지 않은 거짓말을 하는 사람이 바로 작가다. 다르게 표현할 수도 있다. 작가가 쓰는 모든 글은 자전적이다. 그렇다고 해서 글에 적혀 있는 사건들을 다 경험했다는 뜻은 아니다.

나는 이덕무가 표현한 참된 정이 '거짓말'과 '자전적'이라는 표현과 동일한 의미를 지닌다고 생각한다. 어떤 의미냐 하면 참된 정을 그려 낸다는 것이 일어난 사실과 머릿속 느낌, 가슴속 정열을 그대로 옮겨 적는다는 것은 아니라는 거다. 읽는 이의 뼛속 깊이 스며드는 문장이 좋은 문장인데, 이 과정에서 필요한 것이 '자전적 거짓말'이라는 거다.

알쏭달쏭할 수도 있겠다. 자신의 인생을 소설로 쓰면 몇 권은 나온다는 흔한 발언을 떠올려 보는 것도 좋다. 인생의 경험을 그대로 옮겨 봐야 결코 소설이 되지 않는다. 그래서 '자전'과 '거짓말'이 필요하다. 속이고 과장하기 위해서가 아니라 참된 정을 제대로 표현하기 위해서.

진짜를 진짜보다 더 진짜처럼 표현하는 것, 거기에 더해 믿음과 감동까지 선사하는 것, 이것이야말로 글쓰기와 공부의 최종 지향점이다.

천지 사방과 만물은
글자로 쓰지 않은 글자,
문장으로 적지 않은 문장일
것입니다.

박지원

박지원의 어떤 글은 말 그대로 '만물생동'萬物生動의 경지를 선보인다. 하늘과 땅이 살아 움직이고, 눈과 비, 바람과 구름도 살아 움직인다. 솔개가 날고 물고기가 뛰어오른다. 꽃이 피고 지고, 돌은 굴렀다 멈추길 반복한다. 글 쓰고 공부하는 사람들이 할 일은 간단하다. 솔개와 물고기가 만들어 내는 글자를 읽고, 하늘과 땅, 눈, 비, 바람, 구름, 꽃, 돌이 살아 움직이며 드러내는 문장을 옮겨 적으면 그만이다. 간단하다고 썼지만 이보다 어려운 일은 없다. 수십 년간 공부에만 몰두한 이황 같은 사람이 말년이 되어 겨우 도달한 연비어약鳶飛魚躍, 즉 솔개가 날고 물고기가 뛰는 자연스럽고 조화로운 경지에 우리 같은 범상한 이들이 몇 년 동안 애를 써서 이르기란 불가능하다.

　만물생동을 제대로 읽어 내지 못한 채 만든 결과물은 박지원의 표현을 인용하자면 '술지게미'에 지나지 않는다. 하늘을 나는 새를 바라보며 새 조鳥 자나 떠올리고, 푸른 하늘을 바라보며 하늘 천天 자만 생각하는 꼴이다. 그 과정에서 새의 생기와 하늘의 푸른 기운은 다 사라지고 만다. 그러니 우선은 하늘을 바라보고 느껴 볼 일이다. "눈이 부시게 푸르른 날은" 하늘을 보되, 두 눈에 곧바로 들어오는 구름이 아닌 그리운 사람의 흔적을 찾는 훈련부터 해야 할 일이다.

어린아이가 나비 잡는 모습을 보면
사마천의 마음을 알 수 있습니다.

박지원

『사기』史記 전집을 구해 책장에 꽂아 놓았다. 두툼한 여섯 권의 책을 꽂기 위해 열 몇 권을 다른 칸으로 옮겨야 했다. 꽂아 놓으니 뿌듯했다. 수많은 문인들이 애독했던 책을 나 또한 갖고 있다는 것, 한두 권도 아닌 열전, 세가, 본기 등으로 구성된 여섯 권짜리 완역본을 갖고 있다는 것은 충분히 자랑스러워할 만한 일이었다. 조금 과장해서 말하자면 꽂아 놓은 것만으로 저절로 『사기』 전문가가 된 느낌이었다.

경지라는 이도 그랬던 것 같다. 「항우본기」項羽本紀와 「자객열전」刺客列傳을 읽은 경지는 박지원에게 편지를 보내 자신이 느꼈던 흥분을 공유하고자 했다. 편지를 받았으니 답장을 써야 할 터. 박지원은 경지의 글에 대한 비판부터 적었다. "그대의 글은 늙은 서생의 케케묵은 말에 지나지 않습니다. 부엌에서 숟가락 줍는 격입니다."

남들이 이미 다 읽은 것을 가지고 괜한 호들갑을 떨고 있다는 뜻이다. 답장이 거기에서 멈추었다면 경지와의 인연은 끝났을 것이다. 밀고 당기기에 능한 박지원은 자신이 가한 비판보다 열 배, 백 배, 아니 내 생각에 천 배는 가치 있는 『사기』의 핵심을 알려 준다. "어린아이가 나비 잡는 모습을 보면 사마천의 마음을 알 수 있습니다. 아이가 나비를 잡으려다 놓치면 씩 웃습니다. 아이의 속내는 다르지요. 부끄럽기도 하고 화가 나기도 하는 그 복잡한 속내를 뭐라 말해야 할까요? 이것이 바로 사마천이 『사기』를 쓸 때의 마음이었을 겁니다."

이 문장으로 알 수 있는 사실, 박지원은 『사기』를 정말로 잘 읽은 사람이었다. 나비 잡는 아이를 보고 사기를 떠올린 그 사고의 유연함이라니. 『사기』 전집, 아직 다 읽지 못했다. 솔직히 말하면 이름과 무게와 두께에 눌려 꺼내 보지도 않았다. 먼지 쌓인 책을 꺼내기 전에 밖으로 나가 나비 한 마리부터 찾아봐야겠다.

종이 밖이 모두 물이잖소.

최북

최북은 파격에 능한 인간이었다. 산수화를 그려 달라고 찾아온 고객에게 산만 잔뜩 그려서 주었다. 고객은 고개를 갸우뚱하며 도대체 물은 어디에 있느냐고 물었다. 최북은 붓을 던지며 말했다. "종이 밖이 모두 물이잖소."

이건 파격이 아니라 만행에 가깝다. 요구에 제대로 응하지도 않았으면서 괜히 상대방만 비난하는 꼴이니까. 아마도 최북은 산수화도 잘 모르면서 돈을 들고 찾아와 그림을 요구한 고객에게 반감을 품었을 것이다. 그랬기에 산만 그린 그림을 내놓고 산수화라 우겼을 것이다. 달리 생각해 볼 수도 있다. 최북은 산과 물을 모두 그렸는데, 고객의 눈에는 산만 보이고 물은 보이지 않았을 수도 있다. 동양화, 특히 남종화의 경우 물은 물처럼 보이지 않는다. 한두 줄의 선만 그려 놓거나 선도 없이 여백만 남겨 놓고 물이라 하는 경우가 대부분이다. 이때 물을 물로 보는 건 그림을 보는 수준에 달려 있을 터. 그럼에도 고지식한 고객은 자신이 보지 못하는 물만 찾았고 이에 화가 난 최북은 종이 밖의 물을 언급했으리라. 그 말을 듣고도 고객이 눈만 껌뻑껌뻑했으면 시원한 물 한 바가지를 그림 위에 부었을지도 모르겠고. 어쩌면 최북은 그림을 넘어선 그림을 꿈꾸었을지도 모르겠다. 산과 물을 그리기엔 종이가 너무 좁다는 생각을 했을지도 모르겠다. 종이 안에 그린 그림이 종이 밖 세계로 이어지기를 진심으로 바랐는지도 모르겠다. 물론 그건 최북 말고는 아무도 알 수 없는 일이겠고.

나는 파격에 약한 인간이다. 글을 쓸 때마다 매번 그 사실을 깨닫는다. 파격에 약하다는 건 공부가 부족하다는 뜻이다. 자기만의 논리를 갖추지 못해 남들의 시선을 의식한다는 뜻이다. 그나저나 최북은 애꾸눈이었다고 한다. 최북이 스스로 찔렀던 눈은 왼쪽 눈이었을까, 오른쪽 눈이었을까?

조예가 깊은 그대는 버려진
그릇 사이에서 귀한 물건을 알아봐
빛을 보게 했습니다. 하지만 그대는
도대체 누가 알아줄까요?

박지원

나는 회사 다니면서 혼자 글을 썼다. 그러다 보니 내 글의 수준을 짐작하기가 쉽지 않았다. 문학잡지에 소설을 보냈다가 긴 묵묵부답과 마주한 뒤로 인터넷 소설 사이트에 눈을 돌렸다. 현역 문학평론가들이 운영한다는 사이트에 소설을 올렸다. 그곳에서는 문학잡지 편집위원들이 소설을 읽고 평을 달아 주며, 일정 수준에 오른 작품을 쓴 사람에게는 등단의 기회도 제공해 준다고 했다. 평가도 해 주고 기회도 준다니 손해 볼 일은 하나도 없었다. 부지런히 소설을 올렸다. 평론가들은 약속을 지켰다. 내가 올린 소설에 한두 줄의 짧은 평이 붙었다. 누군가가 읽어 주고 평해 주다니 신기하고 놀라웠다. 그다음 소설을 올렸을 때 더 신기하고 놀라운 일이 일어났다. 내 소설이 추천작으로 선정되었던 것이다. 읽어주고 평해 준 것도 고마운데 추천까지 해 주다니 생각도 못했던 일이었다. 고지가 눈앞에 있었다. 이렇게 된 이상 반드시 정복을 해야 했다. 나는 또 다른 소설을 올렸다. 그 소설 또한 추천작으로 선정되었다. 내 소설을 선정한 평론가는 다른 평론가들과 논의를 거쳐 등단할 방법을 찾겠다는 연락을 보내왔다. 내가 얼마나 흥분했을지는 말할 필요가 없겠다.

결론부터 말하자면 그들은 약속을 지키지 않았다. 후속 연락은 없었고 얼마 후엔 사이트도 폐쇄되었다. 사이트를 운영하던 평론가들의 이름을 생각하면 뜻밖의 일이었다. 그곳에서 무슨 일이 일어났는지는 지금도 알지 못한다. 등단이 이루어지지 못해 씁쓸했지만 소득이 없진 않았다. 적어도 내 소설이 무의미한 긁적임은 아니라는 걸 확인했기 때문이다. 지금껏 글을 쓰고 있는 건 어쩌면 그때 받았던 한두 줄의 짧은 평과 인정 때문일 터.

오랜 세월이 지난 후 어느 자리에서 내 소설을 추천했던 평론가를 만났다. 혹시 내 이름을 기억하느냐고 물었더니 그는 고개를 저었다. 그의 얼굴은 어딘지 화난 것처럼 보였고 나는 괜히 무안해져서 창밖만 보고 또 보았다.

배우는 데에는 다른 방법이 없다.
모르면 지나가는 사람이라도 붙들고
물어야 한다.

박지원

070

『북학의』를 대표하는 글을 고르라면 「똥」糞을 꼽겠다. 「거름」이라는 제목으로 알려져 있지만 박제가의 이미지에는 「똥」이 더 잘 어울린다. 중국에서는 똥을 황금처럼 아낀다는 파격적인 문장으로 시작하는 이 글에는 온통 똥 이야기뿐이다. 박제가는 중국 똥 이야기를 어떻게 구체적으로 쓸 수 있었을까? 붙들고 물었기 때문에 가능했으리라. 대충 지켜보고 문헌을 참조하는 것만으로는 "똥을 물에 섞어서 반죽한 뒤 바가지로 퍼서 거름으로 쓴다"와 같은 현장감 넘치는 문장을 쓰지 못했을 것이다.

『열하일기』에도 똥이 등장한다. 박지원은 중국의 진짜 장관은 깨진 기와 조각과 냄새나는 똥에 있다고, 중국인들은 똥을 네모반듯하게, 혹은 여덟 모나 여섯 모씩 쌓는다고 말한다. 이 또한 붙들고 물었기에 가능한 문장이었을 터. 그런데 『북학의』에도 똑같은 문장이 있다. 박제가는 "똥 더미를 쌓되 네모반듯하게 혹은 세 모나 여섯 모로 쌓는다"고 썼다. 표현이 지나치게 똑같은 것이 눈에 들어온다. 박지원 또한 이 부분이 걸렸던 것 같다. 박제가가 박지원보다 먼저 중국을 다녀왔고, 『북학의』 또한 먼저 완성했기에 더욱 그랬으리라. 박지원은 『북학의』 서문에 예전부터 비 내리는 지붕 아래에서, 눈 쌓이는 처마 밑에서 함께 연구하고 토론하고 술을 마셨기 때문이라고 썼다. 정말 그럴까? 그럴 리는 없겠지만 혹시 박제가가 붙들고 물어서 얻은 결과를 박지원이 그대로 옮겨 적은 것은 아닐까? 『열하일기』를 폄하하려는 의도는 아니다. 그냥 그런 생각이 든다는 것이다.

마지막으로 김창협을 인용하고 싶다. 홍문관 부교리를 지내던 시절 김창협은 경연에 참석해 숙종을 꾸짖었다. "전하께서는 경연 자리에서 왜 질문을 안 하십니까? (……) 그렇다면 매일 경연에 참석하셔도 끝내 학문의 진보가 없으실 겁니다."

김상헌의 증손자 김창협의 매서운 기운이 여름밤을 서늘하게 만든다. 질문, 정말 중요하긴 한가 보다.

삼연 김창흡은 태백산에 은거할 때
때때로 산꼭대기에 올라가
휘파람을 불었다. 그 소리에
나뭇잎이 모두 떨어졌다. 그렇다.
삼연 선생도 휘파람을 불 줄
안 것이다.

이희경

세칭 북학파의 일원인 이희경이 지은 『설수외사』雪岫外史에는 수레나 벽돌의 필요성 등 『북학의』와 비슷한 내용이 많다. 발간 연도는 훨씬 나중인데 내용은 비슷하니 덜 알려졌을 것이다. 그러나 이희경은 무시할 만한 사람, 우리가 잊어도 되는 사람이 결코 아니다. 박제가의 벗이었고, 박지원의 임종을 지킬 만큼 그와 가까운 사이였던 이희경은 중국을 다섯 차례나 다녀왔다. 중국 통을 자처했던 박제가가 네 번 다녀왔다는 점을 기억하기 바란다.

솔직히 『설수외사』는 재미있는 책이 아니었다. 박제가의 열변도 박지원의 다변도 없는 조금 밋밋한 느낌의 책이었다. 내 흥미를 끈 건 뜻밖에도 「휘파람」이었다. 이 글에서 이희경은 휘파람의 대가들을 찾기 위해 그간 읽었던 시문들을 꼼꼼하게 살펴본다. 그렇게 해서 죽림칠현의 완적, 송나라의 소식(호 동파)이 실은 휘파람을 잘 불었다는 사실을 찾아낸다. 우리나라 사람으로는 김창흡을 손꼽았다. 이 글을 읽은 후에야 이희경이 좋아졌다. 역대 시문을 읽고 휘파람 잘 부는 사람들을 골라내다니, 남과 다른 관심사를 가졌던 사람임에 틀림이 없다.

조선 시대, 특히 18세기엔 이희경 같은 별종이 특히 많았다고 한다. 유득공은 비둘기에 관심이 많아 『발합경』鵓鴿經이란 책을 썼고, 이서구는 앵무새를 좋아해 『녹앵무경』綠鸚鵡經이란 책을 썼고, 이옥은 담배에 관한 모든 것을 모은 『연경』煙經이란 책을 썼고, 이옥의 친구 김려는 물고기를 관찰한 후 『우해이어보』牛海異魚譜라는 책을 썼다. 공부란 원래 자질구레한 것에 대한 관심에서 시작하는 법이다. 나라를 구하려고, 세상에 내 뜻을 펼치려고 공부를 시작했다는 이들은 일단 의심부터 하고 보는 게 좋다. 그나저나 내 꿈은 전 세계의 야구장을 다 가 보는 것이다. 언젠가는 책으로 쓰려는 야심찬 목표도 갖고 있다. 물론 그러기 위해선 일단 다녀와야 할 터. 과연 가능할까?

돌아가는 길을 알려 주겠소.
도로 눈을 감으면 그대의 집이
보일 것이오.

서경덕

072

이십 년 넘도록 장님으로 지낸 사람이 어느 날 길을 걷다가 갑자기 눈을 뜨게 됐다. 기뻐서 집으로 돌아가려는데 길을 찾을 수 없었다. 기쁨은 당혹으로, 한탄으로, 슬픔으로 변했다. 길에서 엉엉 울었다. 나중엔 주저앉아 통곡했다. 길을 가던 서경덕이 그를 보았다. 대학자는 한때 장님이었던 울보에게 답을 주었다. "돌아가는 길을 알려 주겠소. 도로 눈을 감으면 그대의 집이 보일 것이오."

훗날 박지원은 장님이 집을 찾지 못한 이유를 사물의 모습을 보는 순간 감정이 더해져 망상에 빠졌기 때문이라고 분석한다. 서경덕의 비법은 박지원에 이르러 망상에 잠긴 이들에게도 유효한 말이 되었다. 욕심에 눈을 감고 분수를 지키는 것, 그것이 집으로 돌아가는 비법이 되었다.

훗날 이용휴는 서경덕의 말을 나이 마흔에 장님이 된 이에게 전하면서 자신의 의견을 살짝 보탠다. 눈의 기능은 외부가 아닌 내부를 보는 데 있다고. 그러므로 장님이 된 이는 더 환한 눈을 갖게 될 것이며, 뒷날의 그는 지금과는 전혀 다른 사람일 것이라 격려한다. 이용휴의 격려는 눈을 뜨고도 아무것도 못 보는 눈뜬장님 같은 이들에게도 유용하다.

나이도 먹을 만큼 먹었는데 아직도 내 길은 뿌옇기만 하다. 걸어가는 것도 무섭고 걸어가지 않는 것도 무섭고 돌아서는 것도 무섭다. 길에 끝이 있는지도 모르겠고 설령 끝에 도달한다 해도 난감하긴 마찬가지다. 그래서 나는 울보처럼 눈물을 머금고 겁보처럼 몸만 떨고 있다. 내 등을 떠밀어 줄, 아니 내 눈을 뜨게 해 줄 서경덕, 박지원, 이용휴 같은 사람만 기다리고 있다. 그런 이들을 만나는 날이 올까? 잔뜩 겁먹은 나는 되지 않는 노래만 부를 뿐이다. Nobody knows the trouble I've seen.

진리를 탐구하는 방법은
여러 가지입니다. 어느 하나에
얽매어서는 안 됩니다.

이황

1785년 11월 7일(음력). 금방이라도 비가 올 것 같은 흐리고 우울한 날에 유만주는 과거에 대해 생각했다. 온 나라의 선비가 하나의 문제에만 매달려 답을 내려 애쓰는 그 미친 시험에 대해 생각했다. 세상은 넓고 복잡한데, 각자가 지닌 재능은 다 다른데, 오로지 그럴 듯한 답안 하나로 합격자를 골라내 영예를 부여하고 떨어진 자들에게는 오욕 한 바가지를 선물하는, 그 정신 나간 제도에 대해 생각하고 또 생각했다. 떨어진 자에 속하는 그의 결론은 이랬다. "세계는 아득한데 이렇게 살고 말 것인가!"

이황은 그 문제에 대해 유만주보다 훨씬 먼저 고민했던 사람이다. 따뜻하고 유연한 사고를 지녔던 이황은 하나의 문제에서 답을 얻지 못했다면 놔두는 것도 좋고, 방향을 바꿔 딴생각을 하는 것도 좋다고 했다. 그러다 보면 새로운 생각을 얻을 수도 있고, 고민했던 문제의 답을 어느 순간 갑자기 얻을 수도 있는 법이라고 했다. 진리를 얻는 방법은 한 가지가 아니라 여러 가지라고도 했다.

새로 지은 고층 아파트 단지 한 가운데에 자리한 학교에 강연을 간 적이 있다. 학교에서 나를 부른 건 내가 유명해서가 아니라 작가이기 때문이었다. 학생들을 대상으로 직업 소개 프로그램을 진행한다고 했다. 변호사, 검사, 회계사, 교수, CEO를 소개하는 일은 학부모들 중에서 대상자를 쉽게 찾을 수 있기에 어렵지 않았지만 작가는 예외였다고 했다(물론 순전히 우연이었을 거라고 나는 믿는다!). 그 말을 하는 선생님의 눈은 맑고 고왔다. 강연을 듣는 학생들의 태도 또한 나쁘지 않았다. 그렇지만 그날 나는 꼭 동물원 원숭이가 된 기분이었다. 모두가 두 눈을 갖고 있는데 나만 외눈박이인 그런 기분이었다. 그들에게 말해 주고 싶었다. 작가들 중에도 부자인 사람들이 있다고. 오르한 파묵은 소문난 부자 집안의 아들이었는데 작가가 되었다고. 물론 나는 그 말을 하지 못했다. 돌아와서 이덕무의 글만 요란하게 소리 내어 읽었을 뿐이다.

벌을 기른 지 수십 년이
되었다. 나는 벌의 생태에 대해
잘 알게 되었다.

___
이익

이익은 수십 년 동안 직접 벌을 키우고 관찰했다. 그 과정에서 나온 글이 「벌의 역사」蜂史다. 이 글에는 벌통을 만드는 법, 적절한 위치를 고르는 법, 벌의 천적을 퇴치하는 법, 여왕벌과 일벌의 역할 등등이 상세하게 적혀 있다. 벌통은 세밀하게 칠해야 하는데 이는 벌이 바람을 싫어하기 때문이라고 적은 구절에 이르면 이익의 꼼꼼한 관찰에 감탄하지 않을 수 없다.

이익이 벌을 기른 이유는 무엇일까? 이익의 또 다른 글에서 답을 찾아본다. "선비들은 책에 있는 것을 외우기만 할 뿐이다. 스스로 체험하고 실천해서 세상에 기여하려 하지 않는다."

얼마 전 일이다. 화장실 불이 계속 깜빡거렸다. 스위치를 껐는데도 계속 깜빡거렸다. 전구에 문제가 있나 싶어 전구를 교체했다. 소용없었다. 깜빡거림은 멈추지 않았다. 불안했다. 전기 계통에 큰 문제가 생긴 것 같았다. 고민하다 사람을 불렀다. 그는 고개를 한 번 끄덕이고는 스위치 덮개를 뜯더니 다른 덮개로 교체했다. 덮개가 문제였던 것이다. 일다운 일을 한 것 같지도 않았는데 그는 출장비의 명목으로 꽤 많은 금액을 받아 갔다. 돈을 건네는 마음이 쓰렸으나 어쩔 수 없었다. 나로서는 도무지 해결할 수 없는 문제였다. 내가 읽은 책엔 스위치 덮개 교체 방법 따위는 적혀 있지 않았으므로.

하지만 체험했다고 무조건 다 아는 것은 아니다. 이익은 일벌이 여왕벌을 절대로 배반하지 않는다고 했으나 연구 결과에 따르면 이는 사실과 다르다고 한다. 이익을 비난하는 것은 아니다. 조선 시대의 벌들은 그랬을 수도 있다. 뭐, 그냥 그렇다는 이야기이다.

나는 타고난 본성은 알지도
못하면서 놈을 도둑고양이로만
대했다.

이익

지금 세상에 태어났으면 동물 보호 활동가로 활약했을 법한 이익은 고양이에 대한 재미있는 일화를 썼다. 어느 날 이익의 집에 고양이가 들어왔는데, 가난한 집이라 잡아먹을 쥐가 한 마리도 없었다. 배고픔을 견디다 못한 고양이는 밥상 위로 뛰어들었다. 집 안사람들과 한바탕 추격전을 벌인 끝에 고양이는 이웃집으로 도망갔다. 이웃집에는 꼬마가 있었다(이익의 글엔 등장하지 않지만 나는 꼬마가 있었다고 믿기로 한다). 꼬마는 고양이를 기르고 싶어 했다. 식구들은 꼬마의 의견을 존중해서 먹이를 주었다. 잘 먹고 사랑을 많이 받은 고양이는 도둑의 본성을 버렸다. 꼬마에겐 애교를 부렸고 식구들에겐 쥐를 잡아 보답을 했다. 꼬마는 고양이를 좋은 고양이라고 불렀다.

이 이야기를 들은 이익은 곧장 반성부터 한다. 자신이 고양이를 도둑으로 대했기 때문에 도둑고양이가 되었다고 결론 내린다. 고양이의 다른 면은 보려고 하지도 않고 도둑고양이로 낙인을 찍었던 것이다.

조희룡의 책을 뒤적이다가 정신을 바짝 들게 만드는 문장을 발견했다. 자기 아이가 도무지 공부를 하지 않아 걱정이라는 벗의 편지에 조희룡은 이렇게 답한다. "아이가 공부를 좋아한다면 그것만큼 이상한 일은 없습니다. 한때 공부를 게을리하고 노는 것을 두고 그 아이의 평생을 논하는 것, 대단히 잘못된 일입니다."

탄천 산책길을 따라 걸으며 노래를 들었다. 조희룡이 디제이가 되어 선곡한 것 같은 노래가 나왔다. 「Teach the gifted children」이었다. 아이들에게 자비를, 해가 지는 것을, 달이 뜨는 것을, 분노를 가르치자는 가사가 이어졌다. 아이를 가르치기 전에 나부터 배워야겠다.

이만하면 충분하다.
어찌 자질구레한 일에 평생
골몰하며 살겠는가?

임준원

17세기 조선에 임준원이라는 이가 살았다. 신분은 그저 그랬으나 사람됨이 뛰어났고 기백이 넘쳤으며 말솜씨도 훌륭했다. 시인을 꿈꾸었지만 시를 지어 먹고사는 건 예나 지금이나 불가능에 가까웠기에 왕실 재산을 관리하는 내수사의 서리가 되었다. 당시 서리는 소관 업무를 이용해 민중을 수탈하거나 통제했다고 한다. 지금으로 치면 비리 공무원인 셈이다. 임준원은 맡은 바 소임을 다하면서 거금을 모으다가 어느 날 '이만하면 됐다'고 말한 뒤 일을 그만두었다. 여타 서리들과 길을 달리한 것이다.

그 후 임준원은 친구들과 노는 일에 몰두한다. 돈 많고 성격 좋은 임준원 곁에는 사람들이 잔뜩 몰렸다. 그는 가난한 친구들의 주머니에 슬쩍슬쩍 돈을 찔러주기도 했다. 하루는 거리를 걷던 임준원의 눈에 이상한 광경이 들어왔다. 불량배와 관리가 한 여자를 붙잡고 욕설을 퍼붓고 있었다. 어찌 된 일인지 묻자 돈 때문이라는 답이 돌아왔다. 불량배에게 빌린 돈을 갚지 못한 탓에 수모를 당하고 있었던 것이다. 임준원은 그 자리에서 빚을 갚아 준 뒤 차용증을 찢어 버렸다. 그러곤 아무 일도 없었던 사람처럼 빠르게 걸어갔다. 다른 일화도 있다. 옛 스승이 세상을 떠났을 때 임준원은 중국에 가 있었다. 가난한 유족들은 관 하나를 구하지 못해 쩔쩔맸고, 사람들은 임준원이 있었다면 틀림없이 도와주었으리라 말하며 탄식했다. 얼마 지나지 않아 관이 도착했다. 임준원이 스승의 위독함을 알고 미리 조처해 놓고 떠났던 것이다. 이렇듯 임준원은 남에게 베푸는 일을 참 좋아했다. 그러면서 늘 이렇게 말했다고 한다. "아직도 부족하다."

임준원과 비리 공무원의 차이는 하나뿐이다. 비리꾼들이 '부족하다'고 느낄 때 '이만하면 됐다' 말하고, '이만하면 됐다'고 말할 때 '아직도 부족하다'며 자책한 것. 평생 공부하며 알아야 할 것은 그만두어야 할 때와 더 해야 할 때를 아는 것일지도 모르겠다.

너희는 베푼 적이 없으면서 남들이
먼저 베풀어 주기를 간절히 바라는
이유를 아느냐? 너희들의 오만함이
아직 뿌리 뽑히지 않았기 때문이다.

———
정약용

077

가끔 학교로 강연을 간다. 강연이 끝나면 질문을 받는데 의외로 자주 받는 질문이 있다. 작가들은 돈을 잘 못 번다는데 그게 사실이냐는 것이다. 나는 그렇다고 대답한다. 글을 써서 먹고살기에 충분한 돈을 버는 건 몇몇 유명 작가를 제외하곤 불가능에 가까운 일이라고, 바벨탑 세우는 일과 비슷하다고 대답한다. 선생님들도 지켜보고 있으니 그런 식으로 시니컬하게 답하고 끝낼 수는 없다. 건전한 사족을 붙인다. 세상엔 두 가지 종류의 직업이 있다고, 돈을 잘 버나 자유 시간이 거의 없는 직업과 돈을 잘 벌지 못하나 자유 시간이 굉장히 많은 직업이 있다고 말한다. 두 직업에 우열이 있는 건 아니며, 선택하는 사람의 가치 기준에 따를 뿐이라고 말한다. 내 대답이 옳지 못하다는 건 잘 알고 있다. 돈을 잘 벌면서 자유 시간이 굉장히 많은 직업도, 돈도 잘 벌지 못하고 자유 시간도 거의 없는 직업도 존재한다. 그런 식으로 세밀하게 분류하면 작가의 길을 택한 이유를 정확히 설명하기가 불가능하기에 대략적으로 말한 것이다.

각설하고, 아무튼 수입이 적다 보니 어쩔 수 없이 돈에 대해 고민하고, 고민이 깊어지면 나를 도울 수 있는 이들을 생각하게 된다. 자꾸 생각하면 용기 내어 그들을 찾아갈 수 있을 것 같고, 그들은 틀림없이 나에게 뭔가를 베풀 것 같다는 기분이 든다. 물론 행동으로 옮긴 적은 없다. 그렇게 비굴하게 살 수는 없으므로.

정약용은 그것은 비굴의 문제가 아니라고, 비굴함이 아니라 오만함이 문제라고 말한다. 그렇다면 오만함을 뿌리 뽑은 사람은 어떻게 행동하는가? 다른 이들에게 신중하고 성실하게 처신하되, 행여 보답을 바라는 마음은 손톱만큼도 남겨 두지 않는다.

글을 쓰며 사는 건 내가 택한 일이다. 삶이 어려우리라는 것도 충분히 예상했다. 그런데도 때때로 하늘에서 무언가가 떨어지기를 간절히 바란다. 오만한 까닭이다. 공부가 부족한 까닭이다.

내 정원에 있는 풀 한 포기,
나무 한 그루에도 행과 불행의
차이가 있게 하고 싶지 않다.

남공철

남공철의 정원에는 복숭아나무 한 그루와 이름을 알 수 없는 잡목 한 그루가 있었다. 어느 날 정원을 거닐던 남공철은 이상한 장면을 목격했다. 하인이 복숭아나무에만 물을 주고 잡목은 거들떠보지도 않는 것이었다. 이유를 물었더니 하인은 쓸모를 언급했다. 복숭아나무는 아름다운 꽃과 탐스러운 열매로 이익을 주나 잡목은 복숭아나무가 자라는 것을 방해만 할 뿐이라는 논리였다. 남공철은 반박했다. 하늘은 온갖 사물에 두루 비와 이슬을 내린다고, 하늘의 도를 믿는 자신은 풀 한 포기, 나무 한 그루에도 행과 불행의 차이가 있게 하고 싶지 않다고. 남공철의 마지막 말은 이러했다. "가서 가꾸어라."

유만주의 정원에 접시꽃이 피었다. 심은 적 없는 붉고 흰 접시꽃이 수줍게 피었다. 유만주는 접시꽃을 보며 깨닫는다. "세상에 이름도 없이 죽어 가는 존재는 없다."

남공철은 자신이 믿는 하늘의 도를 사람에게도 적용했다. 그는 최북, 이단전, 민범대 같은 가난하고 천한 예술가와 교류하고 그들의 삶을 기록한 글을 남겼다.

유만주는 이름조차 남기지 못하고 죽은 이들, 즉 어부, 나무꾼, 머슴의 삶을 기록해 그들에게도 이름과 뜻이 있었음을 세상에 알리려 했다. 아쉽게도 유만주는 바람을 이루지 못했다.

나는 정조를 생각한다. 문체반정의 과정에서 정조는 자신이 채용한 이덕무와 박제가를 포함한 서얼을 "초목과 더불어 썩어 가는 자들"이라 불렀다. 전략적 판단에서 나온 발언이었겠지만 나는 이 한마디 말 때문에 정조를 미워한다. 사람을 초목과 같은 존재로 여기는 임금, 썩어 없어질 존재로 여기는 임금은 결코 좋은 임금이라 할 수 없다. 정조가 아무리 학문을 사랑하고 모두가 잘 사는 성리학적 이상 국가를 꿈꾸었다 해도 나는 그를 결코 용서할 수 없다.

사람들은 아주 오래전에
만들어졌거나 멀리서 만들어진
물건만 보배로 여긴다.

성해응

『통영을 만나는 가장 멋진 방법: 예술 기행』이란 책을 구해서 여행하듯 느긋하게 읽었다. 단연 눈길을 끈 건 통영의 장인들이었다. 나전장, 소반장, 누비장이야 귓전으로 스치듯 들어는 보았지만 갓일, 두석장, 염장, 섭패장은 외국어였다. 그중에서 갓일 이야기가 가장 흥미로웠다. 갓일은 말 그대로 갓 만드는 일이다. 갓은 모자 둘레 밖으로 둥글넓적하게 나온 양태와 머리 위로 올라오는 부분인 총모자로 나뉜다. 양태 만드는 장인을 양태장, 총모자 만드는 장인을 총모자장이라 부른다. 여기에 양태와 총모자를 맞추고 갓 모양을 가다듬는 입자장이 있어야 갓 하나가 완성된다. 갓 만드는 복잡한 과정에 감탄하면서도 다른 한편으로는 머리를 갸웃거리지 않을 수 없었다. 이제는 갓을 쓰고 다니는 사람이 거의 없다. 장인들은 실용과는 철저히 담을 쌓은 갓일을 하는 것이다. 그렇기에 그들의 삶은 왠지 씁쓸하면서도 고귀한 느낌마저 준다. 오십 년, 백 년 뒤에도 그들이 살아남을지는 모르겠다. 새로운 것을 더 좋아하는 우리의 특성상 사라질 가능성이 높아 보인다. 하긴, 명맥만 유지하는 건 살아 있다고 할 수 없으므로 실은 달라질 일이 전혀 없는 것일 수도 있겠다.

인용한 문장은 성해응이 벼루에 대한 글을 쓰면서 탄식하는 부분에 등장한다. 골동품, 외국 물건을 좋아하는 건 그 시대에도 마찬가지였던 모양이다. 그는 김도산, 신경록 등의 이름을 들어 벼루 장인은 가까운 곳에도 있음을 알리려 애썼지만 그리 효과적이었던 것 같지는 않다. 신경록은 고생만 하고 돈은 안 되는 벼루 장인의 멍에에서 벗어나기 위해 손가락까지 잘랐으니 말이다.

공부도 비슷할 것이다. 내 안의 것보다는 내가 갖지 못한 것에 자꾸 욕심을 부리니까. 공부란 결국 내가 갖고 있는 것을 다시 보는 일이다. 그렇기에 어렵다.

아참, 트집 잡기가 양태를 다듬는 과정에서 나온 말이라는 걸 당신은 혹 알고 있었는지?

스승의 도가 엄하다는 것을
안 뒤에야 비로소 학문으로
나아갈 수 있는 법이다.

___

성해응

과학고에서 강연을 한 적이 있다. 특목고 강연은 처음이었기에 조금 설렜다. 속물이라 비난해도 할 말은 없지만 성적이 뛰어난 아이들의 학교생활이 궁금했음을 고백한다. 결론부터 말하자면 실망했다. 내 책을 읽은 아이들은 없었고, 오에 겐자부로나 주제 사라마구 같은 작가의 이름을 아는 아이들도 없었다. 물론 실망한 건 내 책을 안 읽어서가 아니라 내가 좋아하는 작가들의 책에 무지했기 때문이다. 내가 더 놀란 건 그러고도 아이들이 부끄러워하지 않았기 때문이다. 뭐랄까, 자기들의 공부와는 무관하다는 식이었다. 그러니까 내 강연, 내가 추천하는 책은 그들의 관심사와는 백만 광년 정도 떨어져 있는 이물질에 지나지 않았던 것이다. 통섭은 그저 허울이었음을 실감했다. 강연을 마친 후 국어 선생님과 이야기를 나누다가 과학고 국어 선생님은 일반고 국어 선생님만큼 꼭 필요한 존재로 여겨지지는 않는다는 말을 들었다. 나는 힘드시겠다는 말로 선생님을 위로했다.

　　인문학에 대한 무관심, 강연자와 교사에 대한 그릇된 태도를 아이들 탓으로 돌릴 수는 없다. 우리 사회에서 나고 자란 아이들이라면 그게 오히려 정상적인 반응에 가까울 테니까. 어른들이 책을 읽지 않고 교사를 기능인으로만 대하는데 아이들만 다르기를 바라는 건 말도 안 될 테니까. 그래도 좀 아쉬웠다. 과학밖에 모르는 과학자라니. 도서관에 처박혀 책만 읽은 후에 검사가 된 이들만큼 위험하다는 생각이 들었다.

　　스무 살 신광직은 책 상자를 짊어지고 스승을 찾아 길을 떠난다. 박지원은 그를 배웅한 뒤 스승과 제자가 만들어 낼 아름다운 만남과 훗날의 성취를 그리며 글을 썼다. 함부로 제자를 받지 않는 스승, 그럼에도 굳이 그 스승을 만나러 가는 제자. 우리에겐 이미 사라진 광경이다. 너무 비탄에 빠질 필요는 없겠다. 박지원이 쓴 글의 첫 문장은 이렇다. "스승의 도가 사라진 지 이미 오래되었다."

　　그 시절에도 신광직은 이미 특이한 인물이었던 것이다!

내 성품은 졸렬하다.
내 글도 그렇다.

———
김매순

김매순에 대해서는 잘 모른다. 김창흡의 후손이라는 것, 정계에서 밀려나 은거하며 살았다는 것, 덕분에 오랜 시간 공부에만 몰두하며 살았다는 것이 내가 아는 거의 전부다. 그랬기에 인용한 문장을 읽었을 때 충격을 받았다. 문장의 의미는 간단하다. 자신은 성품이 졸렬한 사람이기에 글 또한 졸렬하다는 의미다.

글의 첫 문장치고는 꽤 과격하다. 한가한 늙은이의 쓸모없는 글이라는 식의 표현은 자주 보았지만 대놓고 졸렬拙하다고 쓴 건 처음이었다. 중간에는 이런 표현도 나온다. "문장의 뛰어남과 졸렬함은 결국은 훤히 드러나는 법."

글을 써서 먹고사는 사람이기에 늘 글에 대한 고민을 한다. 사람의 인품도 그렇지만 글 또한 좀처럼 좋아지지 않는다. 아무리 읽고 쓰고 갖은 애를 써도 좀처럼 나아지지 않는다. 김매순의 글을 읽고서야 해답은 의외로 가까운 곳에 있다는 것을 알았다. 바로 내가 문제였던 것. 내 졸렬함이 문제의 근원이었던 것이다. 물론 김매순의 졸렬함과 내 졸렬함을 같은 자리에 놓을 수는 없겠다. 김매순의 '拙'(졸)에 내가 느낀 그 이상의 의미가 숨어 있다는 건 나도 어렴풋이 눈치채고 있다. 그럼에도 졸렬한 나는 졸렬함에만 초점을 맞출 수밖에 없다. 그렇다. 나는 졸렬한 사람이기에 졸렬한 글을 쓰는 것이다. 그렇다면 앞으로 해야 할 일은 명확하다. 졸렬함을 면하는 것.

임보는 칠십을 넘겨 살다 죽었다.
『소학』을 사십 년 넘게 읽은 것이다.

김매순

임보는 서른 살 넘도록 글자 한 자 몰랐다. 늙은 어머니를 모시면서 홀로 밭일을 하고 사냥을 하고 나무를 하고 음식을 했다. 임보에겐 임간이라는 형이 있었다. 임간은 집안일은 전혀 하지 않았다. 낮에는 스승을 찾아가 공부를 했고, 밤에는 책을 읽었다. 임보도 인간이었다. 어느 날 형에게 살짝 화를 냈다. 책 읽는 게 효도보다 더 중요하냐고 뼈 있는 말을 뱉었다. 형의 대답은 간단했다. "사람이 책을 읽지 않으면 안 된다."

구구절절 변명을 했으면 대꾸라도 했을 텐데 그 짧은 대답엔 뭐라 할 말이 없었다. 며칠 후 임보는 형에게 책 한 권을 추천해 달라고 했다. 형의 말을 입증할 만한 책 한 권을 골라 자신에게 들려달라고 했다. 형은『소학』을 추천하고 읽어 주었다.『소학』을 들은 임보는 다른 사람이 되었다. 임보는 아침저녁에는 일을 하고 밤에는『소학』을 읽었다. 다른 책은 읽지 않고 오직『소학』만 읽었다.『소학』은 그의 삶의 기준이 되었다. 그러기를 사십 년, 임보는 '임소학'이 되었다. 임소학의 명성은 온 나라에 알려졌다. 임보의 집은 그에게『소학』을 물어보러 온 이들로 언제나 북새통을 이루었다.

임보의 이야기가 주는 교훈은 간단하다. 공부를 완성하는 데는, 사람이 되는 데는 단 한 권의 책이면 충분하다는 것. 갑자기『소학』이 읽고 싶어져서 책장을 뒤졌다. 없었다.『사자소학』四字小學 한 권만이 있을 뿐이었다. 내 공부가 지지부진한 데는 다 이유가 있었던 것!

글도 쓰지 않은 채 삼 년을
보냈습니다. 어느 날 분발해서
가슴속을 들여다보니
텅 비어서 아무것도 없었지요.

___

이이

아무것도 쓸 수 없는 날이 있다. 그런 날이면 책도 읽을 수 없고 생각을 할 수도 없다. 애꿎은 탄천 산책길의 수풀을 노루처럼 발로 차며 마음 다스리는 흉내만 낼 뿐이다. 이이는 어머니가 돌아가시고 삼 년 동안 글을 쓰지 못했다고 한다. 유독 어머니를 사랑했던 이이는(신사임당을 위해 쓴 행장의 매 문장에는 이이의 유별난 어머니 사랑이 담겨 있다) 상복을 벗은 뒤에도 마음을 다잡지 못했다. 승려가 되기 위해 금강산에 들어갔다 나온 후에야 비로소 정신을 차렸다. 그러느라 또 시간이 훌쩍 흘렀다 아홉 번이나 장원에 급제해 구도장원공九度壯元公이라는 전무후무한 별명까지 얻은 이이였기에 긴 방황은 무척 힘든 시간이었을 것이다.

이제 써야 할 단어는 '그러나'이다. 그러나 이 삼 년의 방황이 없었다면 오늘날 우리가 아는 이이는 없었을지도 모르겠다. 이이의 방황은 신사임당의 죽음 때문만이 아니었다. 이이 스스로 "성리性理의 학문은 밝지 않았고 과거를 위한 공부는 무르익지 못했다"고 고백했으니 말이다. 무슨 말인가 하면 어머니의 죽음이 아니었더라도 공부하는 자 이이의 방황은 당연히 다가올 수순이었다는 뜻이다. 불문佛門을 떠난 이이가 곧바로 물고기가 뛰고 솔개가 나는 연비어약鳶飛魚躍의 아름다움을 깨달은 것은 그래서 더 의미가 있다. 성리에 몰두할 때에는 진전을 얻지 못했는데 불문을 나서면서 비로소 깨달음을 얻었기 때문이다.

모두가 방황할 필요는 없다. 그러나 방황을 거부할 필요 또한 없다. 그 또한 공부의 과정이니까. 그나저나 열아홉의 나이에 성리학의 정수를 깨달았다니 정말 대단하지 않습니까?

같은 소리는 서로 반응하는 법이며,
같은 기운은 서로를 찾는 법이다.

이이

084

거의 매일 글을 쓰지만 글쓰기는 지겹지가 않다. 쓸 때도 좋고 쓰고 난 후 내가 쓴 글을 읽을 때도 좋다. 좋은 건 거기까지다. 글을 완성하고 떠나보낼 때면 외로워진다. 책이 나오면 더 외로워지고 책이 잊히면 더 외로워지고 괴로워진다. 즐거움은 짧고 외로움 혹은 괴로움은 길다는 뜻이다. 외로움에 지치면 친구들을 찾는다. 친구들과 이야기를 나누면 확실히 좀 좋아진다. 그러나 외로움이 다 사라지지는 않는다. 내가 하고 싶은 이야기는 글에 관한 것이다. 내 친구들은 글을 쓰지도 않고 읽지도 않는다. 그러니 할 이야기란 정해져 있고, 그 이야기 중에 글에 관한 이야기는 없다.

글을 쓰고 책을 읽고 공부하는 건 어쩌면 외로움 때문인지도 모르겠다. 나와 같은 생각을 하는 이를 찾기 위한 과정인지도 모르겠다. 이이는 같은 소리는 서로 반응하는 법이라고 했다. 같은 기운은 서로를 찾는 법이라고 했다. 아직 나는 내 기운과 소리에 반응하는 이를 찾지 못했다. 이이는 '반드시' 찾을 수 있다고 말했지만 사실 나는 잘 모르겠다. 그렇다고 이이를 믿지 않는 건 아니다. 그러니 오늘도 글을 쓰고 책을 읽고 공부를 하는 것이다. 그놈의 외로움 때문에.

주자는 『대학장구』大學章句를
논하며 이렇게 말했다.
내가 한 만큼의 공부를 하지 않으면
내가 말하고자 하는 정확한 뜻을
이해할 수 없다.

———
김창협

내 글에 부족한 점이 한둘은 아니지만 그중에서도 마무리가 제일 약하다. 한 번 더 보고, 두 번 더 보고, 세 번 더 보며 머리를 이리저리 굴려야 하지만 나는 딱 한 번만 보고는 끝내 버린다. 그러고는 책이 나오면 늘 후회를 한다. 김창협은 내게 경고한다. 그러니까 너는 부족한 사람인 것이라고.

주자를 이해하려면 주자만큼 공부해야 한다는 것이 김창협의 생각이다. 아니다. 주자만큼의 능력을 지니지 못했으므로 주자를 이해하려면 주자보다 몇 배는 더 공부해야 한다는 것이 김창협의 진짜 생각이다. 글 또한 마찬가지일 터. 능력 부족한 내가 글 잘 쓰는 이의 수준에 도달하려면 그들보다 몇 배는 더 써야 한다. 그들보다 더 많은 시간을 투자해 끝까지 붙들고 늘어져야 한다.

김창협은 이렇게 결론을 짓는다. "주자가 공부한 것의 이 할 정도만 하고서 그의 경지에 이를 수 있다고 말하면 이 어찌 망발이 아니겠는가?"

그렇다. 그건 망발이다.

하늘은 일 년을 한 악장으로 삼는다.

정약용

옛사람에게 한 해의 끝은 가을이었다. 겨울은 그저 견디는 시기였을 뿐이다. 그렇기에 가을은 결실의 계절이기도 했고, 슬픔의 계절이기도 했다. 물론 어떤 가수에게는 '잊혀진 계절'이기도 했지만. 결실과 슬픔은 따지고 보면 별개는 아니다. 결실의 유무와 관계없이 계절은 바뀐다. 그러므로 모든 결실은 슬픔이다.

정약용은 유배지 강진에서 황홀한 단풍을 감상했다. 정약용은 눈부신 단풍을 보며 마지막 악장을 생각했고, 느끼는 바가 있다고 썼다. 이미 겨울로 들어선 자신의 차가운 삶을 떠올렸으리라.

김홍도의 가을은 더 힘들었다. 늙은 김홍도는 아들의 학비를 내지 못해 전전긍긍했다. 그 어렵던 시절 그가 「추성부도」秋聲賦圖를 그린 이유를 알 것 같다. 「추성부」는 원래 중국 송나라 문장가 구양수의 글이다. 구양수는 방에서 책을 읽다 무슨 소리를 듣고 마당을 쓸던 동자를 불러 묻는다. 그러나 동자는 아무 소리도 못 들었다고 한다. 구양수는 잠시 후 깨닫는다. 자신이 들은 것은 가을의 소리임을. 차갑고, 처절하고, 매서운 가을의 소리임을. 죽어 가는 초목이 허공에 내지르는 가을의 소리임을. 어쩌면 그것은 구양수 자신의 소리였을지도 모르겠다.

오에 겐자부로와 에드워드 사이드가 나누었던 우정을 생각한다. 가을의 소리를 이미 들은 그들은 '말년의 양식'을 논했다. 파국을 눈앞에 둔 순간에도 완성에 대한 열망을 드러냈다.

아직 가을의 소리를 들을 나이는 아니라고 여긴다. 그러나 가을이 계절만을 나타내는 단어가 아님을, 여름 다음에 오는 것만이 가을이 아님을 안다. 공부하고 책 읽고 글을 쓴다는 것은 곧 닥칠 가을을 생각한다는 것이다. 말년의 양식을 준비한다는 뜻이다.

나는 혼자다.
지금 세상의 선비들 중 나처럼
혼자인 자는 없다.

유몽인

유몽인의 이 고백을 좋아한다. 유몽인은 북인이면서도 다른 북인들에게 미움을 받았다. 정권 유지보다 선비 정신을 더 중시했던 까닭이다. 그 결과는 혹독했다. 유몽인은 혼자가 되었다. 당파로 똘똘 뭉친 세상에서 혼자 걷는 사람이 되었다. 감히 유몽인과 나를 동일시한다. 사람들은 가끔 내게 아무개 작가를 아느냐고 묻는다. 작가니까 다른 작가를 알 수도 있다고 여겨서이다. 안다고 대답한다. 개인적으로 아는 게 아니라 이름을 들어 보았고 책을 읽어서 안다고 말하면 사람들은 피식 웃는다. 그건 아는 게 아니라고 훈계하듯 말한다. 나는 고개를 끄덕인다. 사람들의 말이 맞다. 그건 아는 게 아니다. 나는 이른바 문단에 속한 자가 아니다. 읽는 일 말고는 내겐 달리 그들을 알 방법이 없다. 고전을 바탕으로 한 글을 쓰지만 학계와 인연이 있는 것도 아니다. 나는 한문도 잘 읽지 못하고 복잡하게 전개되는 글은 제대로 이해하지도 못한다. 그저 내가 이해할 만한 고전을 골라 읽고 내가 느낀 바를 나름의 작법으로 쓸 뿐이다. 내가 쓰는 글은 소설도 아니고 고전 해설도 아니다. 나는 어른을 대상으로 한 글도 쓰지 않고 어린아이를 대상으로 한 글도 쓰지 않는다. 나는 소년을 위해서 쓴다. 비유적인 의미에서 혹은 실제적인 의미에서. 그래서 나는 혼자다. 외롭냐고? 그렇진 않다. 그냥 혼자라는 것, 그것뿐이다.

어느 눈 내리는 겨울날, 이덕무는 글을 쓴 뒤 그 글을 소리 내어 읽었다. 이덕무는 혼자였다. 그러나 외롭지 않았다. 자신의 손으로 글 쓰는 것을 자신의 눈이 봐 주었고, 자신의 입으로 글 읽는 것을 자신의 귀가 들어 주었기 때문이다. 이덕무는 말한다. 나 자신을 친구로 삼았으니 누구를 원망하겠는가.

숨어 있는 일들을 찾아내
기이한 글로 옮기는 것,
나는 박지원을 도저히 따라갈 수
없다.

유만주

088

소설 읽기의 즐거움은 곧 괴로움이다. 훌륭한 소설을 정신없이 읽고 나면 나는 왜 못 쓰는가, 하고 자괴감을 느낀다. 자기 비하에 빠진다. 소설에서 현실로 돌아오는 참혹한 순간이다.

유만주는 박지원의 열성 팬이었다. 아버지 유한준과 박지원의 친분을 활용해 박지원을 만나러 갔고, 박지원이 머물던 곳에 들러 그의 흔적을 느꼈고, 박지원의 글이란 글은 다 구해서 읽었다. 인물전 아홉 편이 수록된 『방경각외전』放璚閣外傳을 구해 읽곤 "하늘이 부여한 기이한 재주"의 발현에 감탄 또 감탄했다. 그리고 이렇게 고백한다. "나는 도저히 박지원을 따라갈 수 없다. 박지원이 하늘이라면 나는 땅바닥이다."

홍길주는 말한다. 다른 사람의 식견이나 문장이 나보다 낫다는 생각이 드는 건 내게 그만큼의 식견과 문장이 갖춰져 있기 때문이라고.

홍길주는 나를 위로하지만 그건 그저 위로일 뿐이다. 남의 식견이나 문장이 나보다 낫다는 생각이 드는 건 실제로 더 낫기 때문이다. 남은 자들의 선택은 그것을 인정하느냐, 인정하지 않느냐 둘 중 하나뿐이다. 괴로워도 인정해야 하리라. 당신에게 말하고 싶다. 내 부족함을 인정하는 것, 그것이야말로 모든 공부의 시작점이라고.

하루에 열몇 번씩
그림들을 열어 보니 글 짓는 데에
큰 도움이 되는구나.

박지원

089

산책할 때 외에는 집 밖으로 잘 나가지도 않지만 미술관 가는 것은 꽤 좋아한다. 얼마 전엔 정선의 「박연폭포」를 보러 인사동에 다녀왔고, 그 얼마 전엔 유영국 전시회를 보기 위해 덕수궁에 다녀왔고, 그 얼마 전엔 부산에 간 김에 이우환 공간에 들렀다. 지난 겨울 오래간만에 도쿄를 방문했을 때는 우에노 공원의 서양미술관에 들러 모네 그림을 잔뜩 봤다. 나는 국립중앙박물관도 일 년에 몇 번씩 다녀오는데 순전히 그림을 보기 위해서다. 얼마간의 간격을 두고 그림이 조금씩 바뀌기 때문에 계절에 한 번은 다녀오는 편이다. 비싼 입장료를 내고 삼성미술관 리움에 가는 것도 그림을 보기 위한 목적, 그 하나뿐이다. 나는 도자기는 다 건너뛰고 그림만 본다. 그렇다고 내가 그림을 잘 아는 건 아니다. 동양화도 볼 줄 모르고, 서양화도 볼 줄 모른다. 설치 미술은 더더욱 볼 줄 모른다. 그럼에도 자꾸 가는 것은 보고 나면 무언가를 느끼게 되기 때문이다. 박지원의 경지에 이르지는 못한 터라 곧바로 글 짓는 일에 적용하지는 못하지만 언젠가는 글쓰기에 도움을 받게 될 듯한 기분을 느끼기 때문이다.

박지원과 비슷한 경우가 있기는 했다. 나는 조희룡에 대해 잘 알지도 못하면서 조희룡에 대한 책을 썼다. 국립중앙박물관에서 조희룡의 그림을 보았는데 참 좋았다. 김정희처럼 정갈하지도 고상하지도 않고 화려하고 요란했는데 그 화려함과 요란함이 참 좋았다. 김정희는 싫어했을 법한 그 시골벅적함이 참 좋았다. 그래서 책을 썼다. 나로 하여금 조희룡 책을 쓰게 만든 건 바로 조희룡의 그림이었다. 글은 때론 전혀 예상치 못했던 곳에서 탄생한다. 나는 박지원의 글을 이렇게 이해한다.

그래도 그림 보러 가기를 꺼려 하는 이들을 위해 박제가의 아름다운 글을 인용한다. 『북학의』에 나오는 글이다. "꽃에서 생겨난 벌레는 날개나 더듬이도 향기롭다."

박제가는 무상무도하니 지극한
보물을 잠시라도 손에서 놓겠느냐

박지원

박지원이 가족에게 보낸 편지에 박제가를 언급한 부분이 있다. 박제가가 갖고 있는 중국인의 글을 보며 답답한 마음을 풀고 싶으니 빌려서 보내 달라고, 그런데 그는 무상무도하니 잘 말해 보라는 내용이었다. '무상무도'無狀無道는 버릇이 없거나 도리에 어긋난다는 뜻이다. 박희병 선생의 견해에 따르면 심한 욕이라 가까운 사이에는 쓰지 않는다고 한다. 박지원이 박제가를 미워했나? 함께 연구했다는 『북학의』 서문은 차치하고서도 박지원은 박제가를 처음 만났을 때 자신의 글을 모두 보여 주고 밥을 지어 먹이기도 했다. 그런데 무상무도라니, 대체 어떻게 해석하면 좋을까?

　한편 박지원은 같은 편지에서 죽은 이덕무도 언급한다. 행장을 써야 하는데 그의 글이 하찮아 귀하게 여길 게 못 된다고 말한다. 이덕무가 죽었을 때 박지원은 세상을 잃은 사람처럼 슬퍼했다. 나는 이덕무와 박지원은 서로의 글에 큰 영향을 미친 문학적 동지라 생각했는데, 박지원의 편지는 의문을 품게 만든다.

　박종채는 『과정록』에서 이덕무, 박제가, 유득공은 지난날의 제자로서 변함없이 아버지를 흠모했다고 썼다. 박지원은 『열하일기』에서 이덕무와 박제가의 글을 칭찬하는 중국인에게 말했다. "그들은 나의 문하생입니다. 글줄이나 짓는 보잘것없는 재주를 뭐 말할 게 있겠습니까?" 이덕무는 이 부분을 읽고 『열하일기』는 형편없는 책이라고 농담 식으로 항의한다. 박지원은 그 사실을 사람들에게 알리지 말라고 역시 농담으로 받으며 이야기를 끝낸다. 둘의 농담에는 왠지 뼈가 있어 보인다.

　박지원과 박제가, 박지원과 이덕무의 정확한 관계를 알 도리는 없다. 스승과 제자, 동지, 한때 가깝다가 멀어진 사이 혹은 서로 미워하는 사이로 끝났을 수도 있다. 어떤 글을 읽느냐에 따라 달리 해석될 수 있다. 이 말은 곧 글이 전부가 아니라는 뜻이다. 옛사람의 글을 읽는 건 이래서 어렵고 또 흥미롭다.

생각하고 또 생각하면 귀신이
통하게 해 준다는 옛말이 있다.
귀신이 아니라 마음이 스스로
통하는 것이다.

─────

서경덕

091

『멋지기 때문에 놀러왔지』를 쓰기 전까지 힘든 시간을 보냈다. 글 쓰며 살겠다고 마음먹었으나 현실은 괴로웠다. 세 권의 책을 냈고 약간의 주목도 받았지만 기대한 만큼은 아니었다. 나는 어리석게도 책을 내서 먹고살 수 있으리라 여겼다. 책을 낼수록 명성이 높아지리라 여겼다. 명성은 애초부터 없었고, 책 팔아 버는 돈은 수입이라 말하기에도 민망했다. 책을 내자고 말하는 출판사도 없었다. 길을 나서자마자 길이 사라진 꼴이었다. 무엇을 해야 할지 몰라 무작정 기다렸다. 한 달, 두 달, 석 달이 곧 일 년이 되었다. 일 년 동안 나는 아무것도 하지 못했다. 바보가 된 기분이었다. 그 누구도 내게 글을 부탁하지 않을 것이었다. 포기하고 다른 길을 찾는 게 나을 것 같았지만 그만두기 말고는 잘하는 것이 없는 내게 자리를 내줄 회사는 없었다. 인터넷을 뒤지다가 마감일이 한 달 남은 청소년 문학상 공모를 발견했다. 시간이 좀 부족했으나 서두르면 못 할 것은 없었다. 다음 날부터 원고를 썼다. 밑질 건 없다고 생각하니 글도 잘 써졌다. 몇 주 후 원고를 완성했다. 원고를 보내려는데 아무래도 불안했다. 내 원고가 그 출판사에는 어울리지 않는 것 같았다. 다시 인터넷을 뒤지다가 또 다른 공모를 발견했다. 내 원고를 뽑아 줄 것 같지는 않았지만 외면하지도 않을 것 같았다. 원고를 보냈다.

나는 지금도 『멋지기 때문에 놀러왔지』는 신의 도움으로 쓸 수 있었다고 믿는다. 공모를 발견한 것도, 원고를 짧은 시간에 완성한 것도, 마지막 순간에 또 다른 공모를 발견한 것도 그렇다.

김정희는 구천구백구십구 분까지 이르렀어도 나머지 일 분은 성취하기 어렵다고 말했다. 이어지는 다음 말이 재미있다. "나머지 일 분은 사람의 힘으로는 가능하지 않으나 그렇다고 사람의 힘 말고 다른 데에서 오는 것도 아니다." 알쏭달쏭한 말이나 왠지 알 것도 같은 묘한 말이다.

천지 만물의 이름을 모두 써서
붙여 두고 그 이치를 궁구하기를
일삼았다.

서경덕

황진이, 박연폭포와 함께 송도삼절로 통하는 서경덕에겐 스승이 없었다. 사물의 이치를 궁구하길 꿈꾸었던 그는 자신만의 독특한 공부법을 세워 실천했다. 하늘의 이치를 궁구하고자 할 경우 그는 하늘 천天 자를 벽에다 써서 붙였다. 하루 종일 그 글자를 쳐다보며 생각하고 또 생각했다. 밥을 먹는 동안에도 글자를 쳐다보았으며 화장실에 있는 동안에도 글자를 떠올렸다. 다른 건 전혀 생각하지 않았으니 꿈에 나오는 것 또한 그 글자였다. 이런 방법으로 그는 하늘의 이치를 깨우쳤다. 한 글자를 깨우친 서경덕은 곧바로 다른 글자, 예를 들면 땅 지地 자를 써 붙였다. 서경덕은 방 안에서 육 년의 시간을 보냈다. 그런 뒤에야 비로소 이치의 본원本原을 깨닫게 되었다.

박지원은 이광려를 만나자마자 이렇게 물었다. "그대는 몇 자나 아십니까?"

천자문 배우는 아이도 아닌 이름난 선비에게 몇 자나 아느냐고 묻다니 무례해도 한참 무례한 질문이었다. 이광려는 한참 생각한 후 이렇게 대답했다. "겨우 서른 자 정도 아는 것 같습니다."

서경덕, 박지원, 이광려의 공부법을 알았으니 스스로에게 묻지 않을 도리가 없다. 나는 도대체 몇 글자나 알고 있나? 당신에게도 묻지 않을 수 없다. 도대체 몇 글자를 알고 있습니까?

궁금한 게 하나 있다. 육 년의 시간 동안 서경덕은 과연 몇 자나 깨우쳤을까?

사람이 용감하게 앞으로 나아가
학문을 이루지 못하는 것은 오래된
습관에 발목을 잡히기 때문이다.

___
이이

안대회 선생의 『선비답게 산다는 것』에는 박규수가 쓴 신기한 책 『상고도회문의례』尙古圖會文義例가 등장한다. 친구 삼고 싶은 옛 사람의 일화를 적은 뒤 간단한 평을 붙인 글 480편이 실려 있다. 박규수는 이 책을 순서대로 읽도록 만들지 않았다. 골패를 던져 숫자를 얻으면 그 항목의 글을 읽도록 했고, 적합한 학습 과제도 제시해 독서와 쓰기를 연결했다. 골패놀이와 독서와 쓰기가 어우러진 책인 것이다. 19세기에 이런 책을 구상하고 만들었다는 사실이 놀랍다. 과연 박지원의 손자로구나 감탄하지 않을 수 없다.

나는 옛사람, 옛글에 관한 글을 주로 쓴다. 이 시대가 선호하는 것들과 거리가 먼 소재인지라 글을 쓸 때 여러 가지로 신경을 많이 쓰는 편이다. '히키코모리'와 박지원의 글을 연결해 보기도 했고, 추리소설 구성을 도입해 보기도 했고, 실용서로 위장하는 전략을 써 보기도 했고, 역으로 옛이야기의 전통을 따라 써 보기도 했다. 그러나 나는 내가 하려던 것을 끝까지 밀고 나가지 못했다. 그 결과 완성된 글은 이도 저도 아닌 애매한 것이 되었다. 아마도 나라는 인간이 구태의연하기 때문일 터. 나아가기보다는 머뭇거리는 데 익숙하기 때문일 터이다.

박지원은 지금 시대의 시를 쓰는 이덕무의 편을 들며 관우의 사당을 언급했다. 어른들은 관우의 좌상을 보고 덜덜 떠는데 아이들은 그 좌상의 눈동자를 후비고 코를 쑤시며 논다는 것이다. 어른들은 관습적으로 관우를 무서워하지만 아이들은 그렇지 않다는 것이다. 아이들에게 관우의 좌상은 놀잇감일 뿐이다. 이덕무는 거울에 비친 자기 모습을 보며 깔깔 웃는 아이들을 보고는 그들을 스승으로 삼아야겠다는 글을 썼다. 솔직하게 감정을 드러내는 아이들의 자세를 본받겠다는 뜻이다. 그렇다면 나 또한 글은 집어치우고 아이와 놀기부터 해야겠다. 아이의 말과 행동과 웃음을 보며 자연스럽고 과감하고 새로운 동심의 원리부터 배워야겠다.

스스로 고심한 것이 아니면
다 평범하게 여기는 법이지요.

———
정약용

조희룡의 화려하고 요란한 그림에 반하기 전까지 나에게 조희룡은 그저 옛사람일 뿐이었다. 그의 산문집과 전기를 읽기는 했으나 별다른 느낌이 없었다. 19세기 후반을 살다 간 그저 그런 작가 중 한 명일 뿐이었다. 조희룡의 그림에 반한 뒤로는 사정이 달라졌다. 조희룡에 대해 더 알고 싶어졌다. 조희룡이 쓴 글은 다 읽고 싶어졌다. 내게 조희룡은 꼭 알아야 할 특별한 사람이 되었다. 그에 대한 정보를 검색하다가 『조희룡 전집』을 발견했다. 한 권도 아닌 여섯 권짜리 전집이 이미 나와 있었다니 놀라웠다. 그러나 절판된 지 오래였다. 나의 특기 중 하나인 출판사에 전화 걸기를 시도했지만 갖고 있지 않다는 대답을 들었다. 사실 이런 대답을 들을 때마다 놀랍다. 책이 나온 지 십여 년밖에 되지 않았는데 출판사에서조차 완전히 사라졌다는 것이 도무지 이해되지 않는다. 아무튼 책을 구하는 게 목적이었기에 헌책방 사이트도 뒤졌지만 실패했다. 그렇다고 포기할 수는 없는 일. 나는 번역자가 '실시학사고전문학연구회'로 되어 있는 점에 주목했다. 몇 년 전엔가 책을 기획하느라 그 연구회에서 일하는 분을 만난 적이 있었다는 사실을 떠올렸다. 가까운 사이는 아니었다. 딱 한 번 만났을 뿐이었으니까. 나는 그분에게 메일을 보내 혹시 책을 갖고 있는지 물어보았다. 한 질을 갖고 있다는 대답이 돌아왔다. 바로 전화를 걸어 책을 빌려주시면 제본한 뒤에 돌려 드리겠다고 말했다. 그렇게 해서 『조희룡 전집』을 손에 넣게 되었다. 복사본이었지만 상관없었다. 내가 원하는 건 책을 보는 것이었으니까.

요즈음엔 고전 분야의 새로운 책이 나오면 여력이 되는 한 일단 사고 본다. 대충 훑어보고 꽂아 둔다. 그렇다고 그 책을 잊은 건 아니다. 다만 기다릴 뿐이다. 어떤 계기를 통해 그 책과 작가에 대해 잘 알게 될 날이 오면 나는 그 책을 읽고 또 읽게 될 것이다. 지금은 다만 기다릴 뿐이다.

학문이 부족한 사람은 한 글자
한 글귀라도 지적받으면 잘못을
변명하고 억지만 부릴 뿐 절대
승복하지 않는다. 비록 속으로는
자기 잘못을 인정하면서도 말이다.

———

정약용

박종채의 『과정록』에 따르면 유한준은 『열하일기』를 오랑캐의 연호를 사용한 원고, 즉 노호지고虜號之藁라 비방했으며, 박지원의 조부 박필균의 무덤을 파헤쳐 산송山訟을 야기했다. 이 일로 양가는 원수지간이 되었지만 박지원의 손자 박규수가 유한준의 후손 유길준을 제자로 삼으면서 예상보다 빠른 화해를 한다.

유한준이 박지원에게 앙심을 품은 건 한 통의 편지 때문이었다. 빌미는 유한준이 제공했다. 자신의 글을 읽고 평해 달라 부탁했던 것. 박지원은 자신의 소감을 편지로 전했다. "추녀가 서시 흉내를 내어 얼굴을 찡그리는 것 같다"는 표현에서 알 수 있듯 냉정한 평가로 가득한 편지였다. 박종채는 유한준이 이 편지를 받은 이후 박지원에게 앙심을 품기 시작했고, 이후 박지원이 비방에 시달린 것도 유한준이 뒤에서 사주했기 때문이라고 썼다.

사실이라면 무서운 일이다. 글을 평해 달라고 해서 평한 것뿐인데 앙심을 품고 박지원을 괴롭혔다니. 유한준은 정약용의 글에 딱 들어맞는 사람이었던 것이다. 그런데 나는 『과정록』의 표현에도 문제가 있지 않나 생각해 본다. 『연암집』에는 박지원이 유한준에게 보낸 편지가 아홉 통이나 실려 있다. 박종채가 언급한 편지는 첫 번째 편지다. 연대순으로 실려 있다고 가정해 보면 문제의 편지를 받은 후에도 유한준과 박지원은 한동안 잘 지냈다. 유한준의 아들 유만주의 일기엔 박지원의 『방경각외전』을 놓고 부자가 이야기를 나누는 장면이 있다. 유한준은 하늘이 준 기이한 재주가 아니라면 쓸 수 없는 글이라며 박지원을 높이 평가한다. 앙심을 품은 사람의 표현이라 보기는 힘들다. 그렇다고 유한준이 저질렀던 일을 부정하는 건 아니다. 다만 좋았던 두 사람의 관계가 망가진 건 문체에 대한 인식, 청나라에 대한 시각 등이 서로 달랐던 게 복합적으로 작용한 결과였을 수도 있다고 생각한다. 그렇다면 편지는 훗날의 불화를 예고하는 작은 신호탄이 아니었을까?

말이란 하기는 쉬우나 자취가 없다.
편지로는 신중히 생각하고 깊이
연구할 수 있으므로 깊은 경지에
이를 수 있다.

이익

096

가끔씩 심사를 한다. 우열을 가려야 하는 것도 곤혹스럽지만 심사평을 말해야 할 때가 더 곤혹스럽다. 평소에 거의 입을 다물고 살아서 그런지 생각했던 것을 제대로 말하지 못하기 때문이다. 좋은 작품을 골라 놓고도 눈치를 보고, 내가 생각하기에 형편없는 작품이 수상 후보에 올랐는데도 반박의 말을 제대로 하지 못한다. 그러다가 갑자기 엉뚱한 의견을 내놓기도 한다. 왜 그랬을까? 다른 사람이 내 말을 듣고 있다는 사실을 지나치게 의식했기 때문일 것이다. 괜한 분란을 일으키고 싶지 않은 마음이 강했기 때문일 것이다. 그러면서도 바보처럼 보이고 싶지는 않다는 마음이 들었기 때문일 것이다. 그런 날은 집에 돌아와 벽을 보며 후회한다. 공정한 말을 제때 내놓지 못한 것, 엉뚱한 견해를 피력한 것을 후회하고 또 후회한다. 기본적으로는 인성이 부족한 탓이겠지만 말의 속성도 짚고 넘어가야 한다. 나보다는 이황의 견해를 인용하는 게 좋을 터. "얼굴을 마주 보고 토론하는 것이 좋기는 합니다만 뜻을 다 말하지 못하는 단점이 있습니다."

이황이 수많은 편지를 남긴 것은 말의 속성을 보완하기 위함이었다. 편지를 고치고 또 고쳐 쓰면서 스스로의 생각을 가다듬기 위함이었다. 자리의 무게, 상대방의 태도 같은 무언의 압박에서 벗어나 전하고 싶은 것을 온전히 전하기 위함이었다.

물론 편지의 시대는 이미 오래전에 끝났다. 그러나 말로 넘쳐나는 티브이 프로그램을 보며, 말 잘하는 사람이 권위 있고 실력 있는 사람으로 여겨지는 세상을 보며 나는 이황과 제자들이 주고받았던 편지를, 이익과 안정복이 주고받았던 편지를 생각한다. 공부란 어쩌면 말을 조금 줄이고 글을 조금 더 쓰는 것, 글을 고치며 생각하고, 생각하며 또 글을 고치는 것, 그런 것인지도 모르겠다.

군자는 소경이나 귀머거리처럼
더욱 독서하고 더욱 겸손해야 한다.

이덕무

097

책을 읽을 수 있는 건 행운이다. 왜 그럴까? 백 명의 사람 중 책을 좋아하는 기질을 갖고 태어난 사람은 별로 없다. 기질을 갖고 태어났다 해도 책을 읽을 만한 장소를 갖춘 이는 별로 없다. 장소를 갖췄더라도 책을 읽을 만한 시간을 가진 이는 별로 없다. 기질, 장소, 시간을 다 갖췄더라도 읽을 만한 책을 다 가질 정도로 풍족한 이는 별로 없다. 내 주장이 아니다. 옛사람의 글에서 인용한 것이다.

아무것도 갖추지 못한 사람이 있었다. 그는 책을 좋아하기는 하나 몸이 약해 제대로 읽을 수 없었다. 천장은 밝은 별이 보일 정도로 얇고, 벽에는 얼음이 자리를 잡고 있었으니 장소를 갖춘 것도 아니었다. 병에 걸린 어머니의 곁을 지켜야 했으며, 집안의 온갖 자질구레한 일을 떠맡고 있는 형편이었으니 시간을 갖췄다 할 수도 없었다. 책 한 권 제대로 사들일 수 없는 형편이었으니 풍족함과는 거리가 멀어도 한참 멀었다.

그럼에도 그는 책을 읽었다. 몸이 약해 쓰러질 지경이면서도 책을 읽었고, 더위와 추위에 시달리면서도 책을 읽었고, 어머니와 집안을 돌보면서도 책을 읽었고, 남에게 빌려서 책을 읽었고, 읽을 책이 없을 때는 장부나 달력도 펼쳐서 읽었다. 그는 만족하지 않고 더 큰 꿈을 꾸었다. 천지간에 가득한 책을 모두 다 읽으리라.

그는 어려운 상황에서도 독서를 멈추지 않았으며 큰 꿈을 품고 지냈다. 그러면서도 스스로에 대한 경계를 잊지 않았다. "내가 군자라면 소경이나 귀머거리이기라도 한 것처럼 읽기에 더 몰두해야 하리라. 그러면서도 늘 겸손해야 하리라."

책 읽고, 글 쓰고, 공부하는 게 피곤하고 우울하고 짜증날 때마다 나는 그를 생각한다. 그 사람의 이름은 이덕무다.

세상 사람들이 부지런히
일하는 것이야말로
재앙과 실패의 근원이다.

성현

098

성현의 수필집 『용재총화』慵齋叢話에 실린 글 한 편은 이렇게 시작된다. "1481년, 채수와 성현은 승지로 있다가 죄를 얻어 파직 당했다. 백의에 삿갓을 쓰고 각자 동자 한 명만을 거느린 채 관동으로 여행을 떠났다." 여행 도중에 무관인 회옹이 합류한다. 그들은 신분을 감춘 채 포천, 철원, 금강산을 방문하고 낙산사와 양양을 거쳐 서울로 돌아온다. 여행 중에 벌어지는 일들이 흥미롭다. 시냇가에서 밥을 해 먹다가 소 장수로 오해받고, 밭에서 노숙을 시도하고, 관리의 행차를 부러워하며 구경하고, 바닷가에서 고기를 잡으며 논다. 압권은 마을 사람이 선물한 오미자즙을 놓고 다툼을 벌이는 장면이다. 성현이 혼자 오미자즙을 마시자 회옹이 그 병을 빼앗아 도망간다. 성현이 지팡이를 들고 쫓아오자 회옹은 병 속에 침을 카악 뱉는다. 채수라고 가만히 있을 수는 없다. 그는 회옹에게서 병을 빼앗아 오미자즙을 쏟아 버린다. 아무리 좋게 보아도 고위 관료를 역임한 이들의 품격 넘치는 행동이라 볼 수 없다. 우리가 어린 시절에 흔히 했던 짓궂은 장난에 더 가깝다. 여행旅行과 기행奇行 사이를 오가는 이 글을 읽고 나는 혼자서 실실거렸다. 답답했던 마음이 확 트였다. 이런 일탈이야말로 살면서 꼭 감행해야 할 만행(漫行 혹은 萬行)이었다.

공부하는 이들 중엔 지나치게 진지하고 틀에 박힌 사람이 많다. 그런 이들에게 감히 만행을 권한다. 어렵다면 게으름을 부려 보는 것도 좋겠다. 성현의 시를 인용한다.

게을러서 나무를 심지 않고 / 게을러서 고기를 낚지 않고
게을러서 바둑을 두지 않고 / 게을러서 지붕을 이지 않고
솥발이 부러져 밥을 뒤엎어도 / 게을러서 수리하지 않고
의복이 터지거나 찢어져도 / 게을러서 수선하지 않고
종들이 죄를 지어도 / 게을러서 문책하지 않고
외부 사람이 와서 시비를 걸어도 / 게을러서 화를 내지 않는다

우주의 일은 곧 나의 일이요, 나의
일은 곧 우주의 일이라는 말이 있다.
대장부라면 늘 그래야 한다.

정약용

장재(호 횡거)가 지은 「서명」西銘을 무척 좋아한다. 내가 읽은 유교 관련 글 중에 가장 아름답다고 여긴다. 「서명」은 이렇게 시작한다. "하늘을 아버지라 부르고, 땅을 어머니라 부른다. 나의 이 조그만 몸이 그 가운데 뒤섞여 있다. 천지 사이에 가득한 것은 나의 형체가 되었고, 천지를 이끄는 것이 내 본성이 되었다."

나는 우주와 동떨어진 존재가 아니라는 뜻이다. 나만 그런가? 아니다. 세상 모든 존재가 그렇다. 장재가 백성은 나의 동포이며, 만물은 나와 함께 사는 무리라고 표현한 이유이다. 그에게 배우는 삶과 죽음의 이치는 간단하다. 우주의 원리인 인仁, 즉 사랑의 정신을 따르면 된다. 그 아름다운 경지에 대해 장재는 이렇게 썼다. "살아 있는 동안 나는 순종하여 섬길 것이다. 죽을 때는 편안히 돌아갈 것이다."

정약용이 쓴 「원정」原政에는 "똑같은 우리 백성"이라는 표현이 여러 번 나온다. 모두가 골고루 기회를 얻고 골고루 혜택을 누리는 것이 올바른 정치라는 의미다. 나의 일이 우주의 일이며, 당신의 일이 우주의 일이다. 그러므로 우리의 일은 곧 우주의 일이다. 이것이 바로 유학의 핵심이다. 유학이 고리타분하다고 단정 지어 말해서는 안 된다. 공부하는 사람이 고루한 것이지 책과 학문이 고루한 것은 아니다.

나는 나를 허투루 간직했다
잃은 사람이다.

정약용

100

「서명」 이야기를 한 번 더 해야겠다. 「서명」에는 '나'라는 의미의 글자 "吾"(오)가 열 번이나 나온다. 결심하고 행동하는 주체는 바로 '나'이기 때문이다. 그러므로 공부는 결국 내가 누구인지 깨닫는 일 혹은 나를 되찾고 지키는 일이기도 하다.

정약용은 유배 길에 나선 후에야 비로소 자신을 잃어버린 상태로 살아왔음을 깨닫게 되었다. 과거 공부에 빠져 지낸 세월, 관리가 되어 눈코 뜰 새 없이 바쁘게 지낸 세월이 실은 자신을 잃어버린 채 살았던 시절이었음을 비로소 깨달은 것이다. 유배 길의 한가운데에서 정약용은 '나'를 붙잡았다. 그 후 그가 이룬 성취가 어떠했는지 우리는 잘 알고 있다.

스스로 '환아'還我를 별호別號로 삼은 신의측이라는 이가 있었다. 그의 이름을 들어 본 사람은 거의 없을 것이다. 나 또한 그의 이름을 몰랐다. 그의 이름은 이용휴 덕분에 알려졌다. 이용휴는 그의 부탁을 받고 「환아잠」還我箴을 썼다. 그 글에 다음과 같은 내용이 나온다.

오래 떠나 있었더니 돌아갈 마음이 생겼다
해가 뜨면 잠에서 깨는 것처럼
몸을 한 번 빠르게 돌이켰다
나는 벌써 옛집에 돌아와 있었다

집이란 곧 '나'일 것이다. 박지원 글에 나오는 송욱은 실컷 자다 일어나서 중얼거린다. 다른 이들의 소리는 다 들리는데 내 소리만 없구나. 도대체 나는 어디에 있는 걸까?

나는 송욱을 비웃을 자격이 없다. 이 글을 쓰는 내가 진짜 나인지 도무지 모르겠다. 이 세상을 살아가는 내가 진짜 나인지 나는 확신할 수가 없다. 우선은 나부터 나를 찾고 볼 일이다.

글을 읽는 중엔 긴한 일이 아니면
응대하지 않는다.

박지원

핸드폰 때문에 곧잘 욕을 먹는다. 핸드폰을 내 방이 아닌 거실에 두기 때문이다. 전화벨이 울리면 자리에서 일어나서 문을 열고 나온 후에야 받으니 시간이 꽤 걸린다. 그러다 보니 받았을 때 전화가 이미 끊어져 있는 경우도 많다. 다행히 전화를 받았다고 해도 같이 사는 사람의 잔소리를 들어야 한다. 방 안에 두면 될 것을 왜 밖에다 두어서 집 안 전체를 시끄럽게 만드느냐는 것이다. 조목조목 옳은 말인 까닭에 딱히 대꾸할 말이 없다. 그러나 핑계 없는 무덤이 없듯 내게도 이유는 있다. 되도록 핸드폰을 신경 쓰고 싶지 않다는, 말해 놓고 보니 민망한, 이유치고는 지극히 하찮고 어이없는 이유다. 핸드폰 전원을 끄면 되지 않느냐고 물을 수도 있겠다. 그럴 수는 없다. 핸드폰은 나와 세상을 연결하는 가는 끈이나 마찬가지다. 핸드폰을 끈다는 것은 그 끈을 끊어 버린다는 것이니 아무래도 탐탁지가 않다. 비록 전화벨은 자주 울리지 않지만 켜 놓아야 세상의 일부라는 느낌을 유지하며 살 수가 있다. 핸드폰을 신경 쓰고 싶지 않다는 앞의 발언과 배치되는 것 아니냐고 물을 수도 있겠다. 꼭 그렇지는 않다고 변명하면서 내세우는 주장이 그래서 내 방에 놓지 않는다는 것이다. 내 방에서는 읽고 쓰는 일에만 몰두하기 위해, 그러면서도 세상과의 인연을 완전히 끊지는 않기 위해 거실에 놓는다는 것이다.

어떻게 써도 졸렬한 변명이 아닐 수 없다. 핸드폰 하나도 제대로 처리하지 못하니 공부를 못할밖에. 그러므로 박지원의 짧은 글이 내게는 몹시 이루기 어려운 난제 비슷한 것이 되었다. 당신에게 묻고 싶다. 공부하는 도중에 핸드폰을 어디에 두는지. 혹은 세상과 이어 주는 끈을 어디에 두는지.

머리엔 오사모를 쓰고
몸엔 야복을 걸쳤구나. 마음은
산림에 있되 이름은 조정의
명부에 있음을 알겠다.

—————
강세황

강세황이 자화상 여백에 남긴 글이다. 오사모烏紗帽는 관리들이 쓰는 모자이며, 야복野服은 집에서 평상시에 입는 옷이다. 선비이면서 관리인 자신의 모습을 솔직하게 드러낸 그림이라고 보면 되겠다. 보통의 문인화가였다면 자신이 이룬 성취를 드러내는 데 열중했을 것이다. 강세황은 조금 다르다. 오사모와 야복을 동시에 그려 넣은 모습에서는 여유와 해학마저 느껴진다. 나는 이 여유와 해학에서 제대로 공부한 사람으로서의 강세황을 본다. 그는 꼰대와는 거리가 먼 사람이었다. 처음 보는 사람이 다가와 그림을 그려 달라고 해도 절대 마다하는 법이 없었다고 한다. 강세황의 그림이나 글씨 한 점 걸려 있지 않은 집은 한 집도 없었을 거라는 우스갯소리도 전해진다. 그림뿐 아니라 인간관계도 그러했다. 그에게는 적이 거의 없었다. "남의 근심을 근심하고 남의 즐거움을 즐거워하는 것"을 신조로 삼았기 때문이었다.

제자 김홍도와의 관계에서도 그의 인간미를 알 수 있다. 강세황은 자신과 김홍도의 관계가 세 번 변했다고 썼다. 어려서는 사제 관계였고, 중간에는 직장 동료였고, 나중에는 둘도 없는 지기知己였다는 것이다. 자신이 가르친 제자를 친구라 칭할 수 있는 사람은 생각만큼 많지 않다. 강세황이 바로 그런 사람이었다.

인간관계에 어려움을 느낄 때마다 나는 강세황을 생각한다. 스스로를 보며 웃고, 남들의 근심과 기쁨을 자기 것처럼 느끼고, 나이와 지위를 따지지 않고 우정을 나눌 수 있는 사람이 바로 강세황이었다. 스스로를 높이는 데 익숙하고, 내 근심과 기쁨만 생각하고, 사람들을 의심부터 하고 보는 내가 도달하기엔 너무 높은 경지임이 분명하다. 강세황은 죽기 전에 붓을 들어 문장 하나를 썼다. "푸른 소나무는 늙지 않고, 학과 사슴은 일제히 운다."

뭐라고 해야 할까, 꼭 강세황 같은 문장이라고 해야 할까?

인순고식 구차미봉,
천하만사의 잘못이
이 여덟 글자에서 비롯된다.

박지원

박지원이 만년에 병풍에 쓴 글이다. 나는 이 여덟 글자에 공부하는 사람이 지녀야 할 태도가 전부 담겨 있다고 믿는다.

인순고식因循姑息, 오래된 나쁜 습관을 버리지 못하고 눈앞의 편안함만 취한다는 뜻이다.

구차미봉苟且彌縫, 잘못을 고치려 하지 않고 그저 임시변통으로 이리저리 꾸며 대기만 한다는 뜻이다.

이 여덟 글자는 어쩐지 박지원이 내게 남겨 준 유훈 같다. 그럴 리는 없겠지만 꼭 그런 기분이 든다.

『동사문유취』東事文類聚는 반드시 지어야 한다. 그런데 거의 다 지어졌다. 아니 이미 지어진지 오래다.

홍길주

『사문유취』事文類聚는 중국 송나라의 백과사전으로 총 236권에 이른다. 『동사문유취』는 『사문유취』를 모범으로 삼아 홍길주가 쓴 백과사전이다. 그런데 홍길주의 저작을 살펴봐도 『동사문유취』는 없다. 홍길주는 『동사문유취』는 거의 다 지어졌다고, 아니 이미 오래전에 지어졌다고 말한다. 도대체 무슨 말일까?

홍길주는 동계처사란 곳을 보고 돌아온 날을 언급한다. 그날은 쌀쌀한 가을날이었다고 한다. 별과 달이 반짝였고 새들은 은하수를 가로질러 날아갔다고 한다. 바로 그날, 『동사문유취』는 열에 두셋이 완성되었다고 한다.

홍길주는 소요관이라는 곳에서 열린 모임을 언급한다. 그날은 꽃이 만발하고 버드나무가 늘어진 봄날이었다고 한다. 손님들이 예의를 갖추어 술을 마시다 헤어졌다고 한다. 바로 그날, 『동사문유취』는 열에 예닐곱이 완성되었다고 한다.

홍길주는 태허부라는 곳에서 보았던 산봉우리를 언급한다. 산들은 서로 껴안고 있는 것 같았다고 한다. 별빛 아래에서 밥을 먹고 노을 속에서 잠을 자다 돌아왔다고 한다. 바로 그날, 『동사문유취』는 완성되었다고 한다.

『동사문유취』가 완성된 과정을 읽으니 앞에서 인용한 바 있는 박지원의 글이 떠오른다. 천지 사방과 만물은 글자로 쓰지 않은 글자이며, 문장으로 적지 않은 문장일 것이라는 글.

『동사문유취』에 대해서는 더 말하지 않겠다. 나는 당신에게 책 쓰기를 권한다. 공부하는 사람은, 아니 살아 있는 사람은 누구나 책을 써야 하므로 당신에게도 책 쓰기를 권한다. 홍길주가 『동사문유취』를 썼다면 당신도 책을 쓸 수 있으리라. 책의 이름은 아무래도 좋다. 당신의 이름을 넣어도 좋을 것이고 당신의 이름을 빼도 좋을 것이다. 당신이 공부하고 당신이 살아 있고 당신이 책을 쓴다면 이름 따위야 아무래도 좋다.

내가 공부를 해서 터득한 것은
단정히 앉는 것, 이것 하나뿐이다.

김창협

누워서 책을 읽다 나도 모르게 벌떡 일어나 앉았다. 그러곤 눈을 감고 생각했다. 나는 언제나 제대로 앉는 법을 배울까?

천하 사람들이 모두 책을 읽는다면
세상은 더욱 평화로워지리라.

박지원

내가 진심으로 바라는 것이다!

참고 문헌

001 『연암집』燕巖集,「소완정기」素玩亭記

002 『연암집』燕巖集,「소완정기」素玩亭記

003 『담헌서』湛軒書,「여매헌서」與梅軒書

004 『연암집』燕巖集,「여초책」與楚幘

005 『한정록』閑情錄,「정업」靜業

006 『성호전집』星湖全集,「논어질서서」論語疾書序

007 『청장관전서』靑莊館全書,『이목구심서』耳目口心書

008 『청장관전서』靑莊館全書,『사소절』士小節

009 『성호사설』星湖僿說,「유구독서」有求讀書

010 『계곡집』谿谷集,「만필」漫筆

011 『퇴계집』退溪集,「답기명언개본」答奇明彦改本

012 『흠영』欽英

013 『퇴계집』退溪集,「답정자중」答鄭子中

014 『을병조천록』乙丙朝天錄

015 『여유당전서』與猶堂全書,「부암기」浮菴記

016 『흠영』欽英

017 『성호사설』星湖僿說,「개자」丐者

018 『매월당집』梅月堂集,「방본잠」邦本箴

019 『퇴계집』退溪集,「답이평숙」答李平叔

020 『계곡집』谿谷集,「풍죽설증최자겸」風竹說贈崔子謙

021 『대산집』臺山集,「차군헌기」此君軒記

022 『성호사설』星湖僿說,「식소」食少

023 『청장관전서』靑莊館全書,「충야와야오」蟲也瓦也吾

024 『혜환잡저』惠寰雜著,「행교유거기」杏嶠幽居記

025 『탄만집』歎數集,「장와집서」壯窩集序

026 『금대시문초』錦帶詩文抄,「독서처기」讀書處記

055 『기언』記言,「불여묵사지」不如默社誌
『순암집』順菴集,「파아기설」破啞器說

056 『동계집』東谿集,「제화첩」題畵帖

057 『성호사설』星湖僿說,「재신임옥」宰臣賃屋

058 『연암집』燕巖集,「대은암창수시서」大隱菴唱酬詩序

059 『뇌연집』雷淵集,「김성기전」金聖基傳

060 『성호사설』星湖僿說,「묘계질서」妙契疾書

061 『백수집』白水集,「독서법」讀書法

062 『청장관전서』青莊館全書,『이목구심서』耳目口心書

063 『흠영』欽英

064 『흠영』欽英

065 『청장관전서』青莊館全書,『이목구심서』耳目口心書

066 『연암집』燕巖集,「답경지지이」答京之之二

067 『연암집』燕巖集,「답경지지삼」答京之之三

068 『금릉집』金陵集,「최칠칠전」崔七七傳

069 『연암집』燕巖集,「필세설」筆洗說

070 『연암집』燕巖集,「북학의서」北學議序

071 『설수외사』雪岫外史

072 『연암집』燕巖集,「답창애지이」答蒼厓之二

073 『퇴계집』退溪集,「답이숙헌별지」答李叔獻別紙

074 『성호사설』星湖僿說,「봉사」蜂史

075 『성호사설』星湖僿說,「투묘」偸猫

076 『완암집』浣巖集,「임준원전」林俊元傳

077 『여유당전서』與猶堂全書,「기양아」寄兩兒

078 『금릉집』金陵集,「동원화수기」東園花樹記

079 『연경재전집』研經齋全集,「연보」硯譜

080 『연경재전집』研經齋全集,「사설」師說

081 『대산집』臺山集,「석릉고자서」石陵稿自敍

082 『대산집』臺山集, 「임소학전」任小學傳

083 『율곡전서』栗谷全書, 「여최립지」與崔立之

084 『격몽요결』擊蒙要訣, 「접인」接人

085 『농암집』農巖集, 「잡지」雜識

086 『여유당전서』與猶堂全書, 「유연사관홍엽시서」游蓮社觀紅葉詩序

087 『어우집』於于集, 「증이성징영공부경서」贈李聖徵令公赴京序

088 『흠영』欽英

089 『연암선생서간첩』燕巖先生書簡帖

090 『연암선생서간첩』燕巖先生書簡帖

091 『화담집』花潭集, 「신도비명」神道碑銘

092 『화담집』花潭集, 「신도비명」神道碑銘

093 『격몽요결』擊蒙要訣, 「혁구습」革舊習

094 『여유당전서』與猶堂全書, 「상중씨」上仲氏

095 『여유당전서』與猶堂全書, 「도산사숙록」陶山私淑錄

096 『성호사설』星湖僿說, 「서독승면론」書牘勝面論

097 『청장관전서』靑莊館全書, 「갑신제석기」甲申除夕記

098 『허백당집』虛白堂集, 「조용」嘲慵

099 『여유당전서』與猶堂全書, 「우시이자가계」又示二子家誡

100 『여유당전서』與猶堂全書, 「수오재기」守吾齋記

101 『연암집』燕巖集, 「원사」原士

102 「강세황 초상」

103 『과정록』過庭錄

104 『숙수념』孰遂念, 「동사문유취서」東事文類聚序

105 『정암집』貞菴集, 「답김자정」答金子靜

106 『연암집』燕巖集, 「원사」原士

공부의 말들
: 수많은 실패를 통해 성장하는 배움을 위하여

2018년 1월 4일   초판 1쇄 발행
2022년 6월 14일   초판 2쇄 발행

지은이
설흔

펴낸이	**펴낸곳**	**등록**
조성웅	도서출판 유유	제406-2010-000032호(2010년 4월 2일)

주소
서울시 마포구 동교로15길 30, 3층 (우편번호 04003)

전화	**팩스**	**홈페이지**	**전자우편**
02-3144-6869	0303-3444-4645	uupress.co.kr	uupress@gmail.com

	페이스북	**트위터**	**인스타그램**
	www.facebook .com/uupress	www.twitter .com/uu_press	www.instagram .com/uupress

편집	**디자인**	**마케팅**
전은재	이기준	황효선

제작	**인쇄**	**제책**	**물류**
제이오	(주)민언프린텍	다온바인텍	책과일터

ISBN 979-11-85152-76-9 03800